KB124939

내가 만난 아이들

私の出会つた子どもたち
灰谷健次郎
Copyright ⓒ 1981 by Sanae Yamamoto
Original Japanese edition published by Shinchosha Company.
Korean Translation Copyright ⓒ 2004 by Tin-Drum Publishing co.,
through Tony Agency
All rights reserved.

이 책의 저작권은 Sanae Yamamoto에게 있습니다.
일본어 원서는 신쵸샤에서 출간되었습니다.
한국어 출판권은 토니 에이전시를 통해 독점 계약한 도서출판 양철북에 있습니다.
저작권법에 의해 한국 내에서 보호를 받는 저작물이므로 무단 전재와 무단 복제를 금합니다.

내가 만난 아이들

하이타니 겐지로의 삶과 문학, 그리고 교육이 살아 있는 이야기

하이타니 겐지로 지음 | 햇살과나무꾼 옮김

양철북

이 기록은 내가 아이들을 살게 한 기록이 아니다.
아이들로 인해 내가 살게 된 기록이다.

한국어판 서문

개구리의 아기는 개구리일까? 아이들에게 이런 질문을 하며 '인간의 아기는 태어나면서부터 인간인가?'라는 명제를 생각해 보게 했던 철학자가 있습니다.

개구리의 아기는 올챙이지만, 인간의 아기는 태어날 때부터 인간의 모습을 하고 있습니다. 그러나 그렇다고 해서 인간이라고 할 수는 없습니다.

아기를 보면 알 수 있듯이, 사람은 많은 것을 배우고 고민하고 시행착오를 되풀이하면서 한 걸음 한 걸음 나아갔을 때에 완전에 가까운 성숙한 인간이 될 수 있습니다.

이 책은 나라는 미숙한 인간이 좀 더 인간적인 인간이 되는 길을 찾고 고민하며 살아온 삶의 기록, 그리고 배움의 기록입니다.

나는 약한 인간입니다. 고난에 맞서기는커녕 쉽게 꺾일 뻔하거나 실제로 꺾이고, 자포자기하고, 고통받는 사람을 보고도 못 본 척하며 때로는 남을 배신하기도 했습니다.

그런 나 자신에게 절망했습니다.

단 하나 내게 칭찬할 만한 것이 있다면, 스스로에게 절망하면서도 어떻게 하면 인간이 될 수 있는지를 끊임없이 생각했다는 점입니다.

이 책이 여러분에게 도움이 될지 저는 알 수 없습니다.

하지만 나라나 민족의 차이를 넘어 인간은 누구나 인간이 되기 위해 애쓰고 있다고 생각합니다.

이 책을 통해 그런 생각을 가진 사람들 사이에 우정이 싹튼다면 그보다 기쁜 일은 없을 것입니다.

생명은 투쟁하는 것이 아니라 사랑하는 것임을 그 우정이 가르쳐 주겠지요.

하이타니 겐지로

차례

■ 한국어판 서문   6

'나는 나쁜 짓을 했다' 는 나의 성서   11

〈기린〉의 어린 전사들   25

두 가지 도둑질   38

이별 저편에서   51

뼈 이야기   65

상냥함과 저항   79

희망으로 가는 길   92

오키나와의 하늘   101

고통을 함께 나누는 사람들   114

상냥함의 원류   126

작은 거인   139

'민들레' 시인   153

배움   166

가르침   178

변화   191

삶   203

■ 하이타니 겐지로의 삶과 문학   216

'나는 나쁜 짓을 했다'는 나의 성서

닷짱이라는 남창(男娼)이 있었다. 늘 짙은 화장을 하고 있어서 몇 살인지 짐작하기 어려웠다. 남창은 나이보다 늙어 보인다고들 하니까 의외로 젊었을지 모른다.

닷짱은 입버릇처럼 말했다.

"인생이란 거, 끙끙대며 살 필요 없어!"

묘한 교토 사투리를 쓴다고 내가 말하면 "직방이야, 직방." 하고 대꾸했다. 여성스러운 말투를 익히는 데는 교토 사투리가 최고라는 뜻이었을까?

닷짱은 불쑥불쑥 내 사타구니에 손을 찔러 넣고는 내가 비명을 지르며 펄쩍 물러서는 모습을 즐기곤 했다. 하지만 그런 행동이나 말투에 비하면 성격이 밝고 화통해서 혐오스럽지는 않았다. 남창이 어떤 일을 하는지 짐작하지 못할 만큼 내가 어렸기 때문일지도 모른다.

닷짱을 만난 것은 내가 밑바닥 생활을 하던 시절이었다. 집안 형편 때문에 진학을 포기하고 회사와 공장 여기저기에 입사 원서를 냈지만, 나는 한 군데도 붙지 못했다.

1949년은 제3차 요시다 내각이 들어선 해로, 도쿄의 미츠다 직업 안정소(직업 소개, 취업 지도, 고용 보험 등에 관한 업무를 맡던 공공 기관-옮긴이)에서 시작된 일용 노동자들의 구직 투쟁이 도쿄 도 전체로 파급될 만큼 취직난이 심각했다. 또 실업 구제 사업의 일당이 245엔으로 결정되고, 니코용(일용 노동자의 속칭-옮긴이)이라는 말이 처음 생겨난 해이기도 하다.

초등학교와 중학교 시절 내내 맨 앞줄에 앉았던 나는 키가 작다는 이유만으로 늘 서류 심사에서 떨어졌다. 중학교 졸업생 대부분이 진학을 하거나 일자리를 구한 상태였지만, 유독 나만이 니코용 아저씨들 틈에 끼어 날마다 직업안정소 앞에 줄을 섰다.

그것은 참기 힘든 굴욕이었다. 자포자기하는 마음에 나는 비굴해졌다. 자립을 짓밟힌 인간의 절망감을 신물이 나도록 맛보았다.

중학교는 진학반과 취업반으로 나뉘어 있었고, 나는 취업반을 택해야 했다. 내가 자전거 체인을 주머니에 넣고 다니며 싸움을 일삼았던 데에는 이런 이유도 있었다. 나는 직업안정소 앞에 줄을 서야 했다는 이유만으로 상처를 입은 것이 아니라 이미 중학교 때부터 차별을 당하고 상처를 입었던 것이다.

고베의 직업안정소 앞에 공동 주택이 있었다. 세 시쯤이면 화장한 남자들이 그 집에서 나와 목욕탕으로 갔다.

직업안정소 앞줄에 서 있던 일용 노동자들이 그들에게 천박한 말

을 던지면, 그 말은 더 외설적인 욕이 되어 돌아왔다. 바로 닷짱이
내뱉는 말이었다.

나는 그들의 대화를 멍하니 듣고 있었다. 그때 나는 남창이 훨씬
더 인간적이라고 생각하는 소년이었다. 하지만 닷짱과 알고 지낸 것
은 조금 뒤의 일이다.

직업안정소에서 소개하는 일자리는 변변한 것이 거의 없었다. 주
로 유흥업소가 대부분이었다. 직업안정소에서는 일자리를 고르지 못
하게 했다. 그러던 중 내게 한 사내를 소개해 주었다.

"장사꾼이 될 생각은 없냐? 만약 그럴 마음이 있다면 내가 뒤를 봐
주마."

나는 야간 고등학교에 다니게 해 달라는 조건을 붙여 구직 서류를
냈다.

이 사내는 여간내기가 아니었다. 싸구려 땅콩 과자를 만들어 파는
사람이었는데, 학교에 다닐 나이도 되지 않은 어린 여자 아이들을 부
려먹었다. 더구나 지능이 낮은 아줌마를 식모로 쓸 만큼 철저하게 영
악했다.

여자 아이들은 아침부터 밤까지 수도승처럼 꼼짝 않고 앉아서 땅
콩 껍데기를 깠다. 그 시절에는 땅콩 까는 기계도 없던 터라 땅콩을
따뜻한 물에 담가 껍데기를 부드럽게 한 다음 일일이 손으로 까야 했
다. 아이들의 손은 하나같이 허옇게 불어 있었다.

여자 아이 가운데 나이가 제일 많은 아이가 나보다 한 살 많은 요

리에였다. 요리에는 오후가 되면 후쿠겐에 있는 과자 가게를 지켰다. 나는 그 가게에 자전거를 맡겨 놓고 야간 고등학교에 갔기 때문에 요리에와 둘만 있을 때가 가끔 있었다.

요리에는 깡패를 지독히도 싫어했다.

"그 자식이 우리 엄마한테 씹을 해서 내가 태어난 거야."

그러면서 요리에는 내 손을 잡고는 "으응." 하고 간지러운 소리를 냈다.

내가 처음으로 여성을 느낀 충격적인 사건이었다. 생각해 보니 그때 요리에는 열여섯 살이었다. '으응'은 어떤 의미였을까.

씹이라는 말은 하층민 동네에서 자란 나조차 부끄러워서 차마 입에 담지 못하는 말이다. 요리에는 닳고 닳은 여자였을까? 그러나 학교에 가려는 나를 불러 교복 주머니에 슬그머니 과자를 넣어 주던 요리에는 내게만큼은 아름답고 상냥한 사람이었다.

나는 그 가게에서 오래 버티지 못했다. 다락방에서 지능이 낮은 식모 아줌마와 함께 자야 하는 것이나 하루 반찬 값이 10엔밖에 안 되는 식사는 그나마 견딜 수 있었지만, 불쾌한 일이 한두 가지가 아니었다. 특히 기억에 남는 것은 아침 풍경이다.

다락방에서 내려올 때면 사내의 침실이 보였다. 똑바로 앞만 보고 가면 그만이지만, 사춘기 소년에게 그것은 무리였다. 여우처럼 얼굴이 뾰족한 사내의 마누라는 낮 동안에는 굉장히 신경질적이었다. 그런데 사내한테 착 달라붙어 누워 있으면 몹시 외설적으로 느껴졌다.

그 여자가 이불 속에서 몸을 꿈틀거리기라도 하면 나는 숨도 쉴 수 없었다.

나는 계단을 내려갈 때면 일부러 발을 쿵쿵 굴렀지만, 사내의 마누라는 그런 나를 무시했다. 나는 심한 굴욕감과 비참함을 느꼈다.

내가 심부름을 갔다가 헛걸음을 하고 돌아오면, 그 여자는 입에 담기 힘든 욕설을 퍼부었다. 그러면서 내게 뭔가 묘한 눈치를 주었고, 나는 이내 아침 풍경을 떠올리곤 했다.

마침내 나는 가게를 뛰쳐나갔다. 밤이었다.

내 작품 중에 교과서에 수록된 《로쿠베, 조금만 기다려》라는 단편이 있다. 구덩이에 빠진 개, 로쿠베를 구해 내는 과정을 그린 지극히 단순한 이야기이다.

나는 그 그림책의 후기에 이렇게 썼다.

"옛날에 나는 거지 아저씨한테 도움을 받은 적이 있습니다. 열다섯 살 때, 땅콩 과자 가게에서 나와 잠잘 데도 없고 먹을 것도 없어서 울고 있었습니다. 거지 아저씨가 나에게 거적을 빌려 주었습니다. 따뜻한 설탕물도 타 주었습니다. 집으로 돌아갈 차비도 주었습니다. 그런 일을 겪어 봤기 때문에, 나는 로쿠베의 기쁜 마음을 잘 알 수 있습니다. 로쿠베, 정말 다행이야."

그 무렵 고베 시 산노미야 역 지하는 부랑자들의 집합소였다. 그리고 땅콩 과자 가게는 지금의 고베 신문회관 뒤쪽, 고쿠사이 시장 안에 있었다.

내가 가게를 뛰쳐나와 산노미야 역 지하를 어정거리고 있을 때 한 부랑자가 말을 걸었다. 곧이어 두세 사람이 더 다가와 이런저런 친절을 베풀었지만, 그때 나는 고맙다는 생각보다 불결하다는 생각이 앞섰다는 것을 솔직히 고백해야겠다.

취직에는 불리했던 작은 키가 그들에게는 "이렇게 어린애가……." 라는 동정심을 불러일으킨 걸까. 아마 그들에게는 내가 초등학생으로 보였으리라.

내가 주뼛거리고 있는데, 문득 누군가가 말했다.

"늘 직업안정소 앞에 줄을 서던 꼬마 아냐?"

바로 닷짱이었다. 그 많은 사람 중에 나를 기억해 낸 닷짱의 기억력도 대단하다 싶었지만, 어린 내가 어지간히 눈에 띄는 존재였구나 싶기도 했다.

"인생이란 거, 끙끙대며 살 필요 없어!"

내가 닷짱의 입버릇을 들은 것은 그때가 처음이었다. 닷짱은 언제 또 직업안정소에 올 일이 있거든 자기 집에 놀러 오라고 했다. 지하의 사람들은 모두 상냥했다.

이렇게 해서 나는 다시 직업안정소 앞에 줄을 서게 되었다. 한곳에서 진득하니 일하지 못하는 녀석이라는 이유로 안정소 직원들은 나를 탐탁히 여기지 않았다. 그때 이미 나는 꽤 반항적인 소년이 되어 있었는데, 반항이라도 해서 조금이나마 비참한 기분에서 벗어나려고 했던 것 같다.

세 시쯤이면 닷짱은 여전히 목욕탕에 갔고, 일용 노동자들과 닷짱 사이의 외설적인 야유와 대꾸도 여전했다. 달라진 게 있다면, 줄 서 있는 나한테 닷짱이 손을 흔드는 일이었다.

나는 부끄러워서 닷짱을 외면했다. 그래도 닷짱은 날마다 손을 흔들었고, 나는 날마다 일거리가 없었다. 내가 처음으로 닷짱 집에 놀러 간 것은 그로부터 석 달쯤 뒤의 일이다.

그 무렵 나는 자유당을 돕다가 경영이 악화된 인쇄소에 간신히 취직했지만 비참한 신세는 전과 다를 바 없었다. 예를 들어 종이를 받아 오려고 도매상에 심부름을 가면 대금을 치르지 못한다는 이유로 푸대접을 받기 일쑤였다. "고베 인쇄소에서 종이를 가지러 왔습니다." 하고 말해도 아무 대꾸가 없다. 그들은 나를 몇 시간이고 기다리게 하면서 내가 난처해하는 것을 즐겼다. 빈손으로 돌아가면 이번에는 인쇄소 사장이 호통을 쳤다. 살아 있다는 게 원망스러울 정도였다.

오마루 남쪽에 있는 해상보안청에는 거의 날마다 주문을 받으러 갔다. 고베 역에서 해상보안청까지, 뙤약볕이 내리쬐는 해안 도로를 따라 자전거 페달을 밟는 것은 중노동이었다.

어느 날 주문을 받으러 갔더니 담당자가 능글맞게 웃으며 말했다.

"너네 그거 찍었지? 사장한테 말해서 두세 부 받아 와."

"그게 뭔데요?"

내가 묻자, 담당자는 쌀쌀맞게 대꾸했다.

"사장한테 말하면 알아."

또 야단맞겠구나, 걱정하면서 돌아와 그대로 전했더니, 사장은 이맛살을 찌푸리며 단단히 포장한 꾸러미를 내밀었다.

하지만 고분고분 건네줄 내가 아니었다. 나는 공중화장실에 들어가 포장지를 뜯었다. 조잡한 책자 다섯 부가 나왔다. 남녀의 갖가지 체위 그림과 외설적인 글이 실려 있었다.

나는 그 책 두 권을 주머니에 쑤셔 넣었다. 그러고는 닷짱에게 갔다. 왜 그런 짓을 했을까? 닷짱한테 잘 보이고 싶었던 걸까? 닷짱은 직업상(?) 그런 것에는 흥미를 보이지 않았다.

"치고(사내아이라는 뜻도 있고, 남색을 상대하는 사내아이라는 뜻도 있다.—옮긴이)는 이런 거 보면 안 돼!"

하고 말할 뿐이었다. 내가 '치고'가 뭐냐고 물었더니,

"7, 5(일어로 7은 시치, 5는 고이다.—옮긴이)."

하고 웃으며 얼버무렸다. 내가 치고의 진짜 의미를 알게 된 것은 몇 년이 더 지나서였다.

내가 놀러 가면 닷짱은 늘 반갑게 맞아 주었다. 내가 첫 월급의 절반을 뚝 잘라 당시에는 귀한 과일이던 바나나를 배 터지게 사 먹었다고 하자, 닷짱은 나더러 장차 큰 인물이 되거나 감옥에서 썩거나 둘 중 하나일 거라며 깔깔거렸다.

그 무렵 닷짱은 가사기 시즈코의 '도쿄 부기우기'(1947년에 발표되어 폭발적인 인기를 모았던 가요. 가사기 시즈코는 당시 부기우기의 여왕으

로 불렸다.-옮긴이)에 푹 빠져 있었다. 몸을 배배 꼬며 간드러진 목소리로 멋들어지게 노래를 부르기에

"가사기 시즈코 뺨친다."

하고 내가 말했더니, 닷짱은

"바보, 미소라 히바리(그 당시 일본의 국민가수로 불리던 최고의 여가수 - 옮긴이)야!"

하고 쏘아붙였다.

나는 닷짱과 내가 친구라는 사실을 철저히 숨겼다. 그러면서도 닷짱 집에는 뻔질나게 드나들었다. 닷짱과 함께 실없는 이야기를 나누고 있을 때면 진흙탕 속에서 허우적대는 듯한 내 삶을 잠시나마 잊을 수 있었다.

아무리 인생이 고통스러워도, 닷짱이

"인생이란 거, 끙끙대며 살 필요 없어!"

하고 말하면 요술처럼 고통이 사라져 버리는 것 같았다.

나는 오랫동안 닷짱에게 응석을 부리며 2, 3년이나 그 집을 드나들었다. 나는 닷짱 같은 사람을 만나면서 한편으로는 문학을 시작했고, 한결 거만한 인간이 되어 갔다.

"이다음에 닷짱 이야기를 소설로 써 줄게."

이렇게 말하면서도 친구들한테는 닷짱 이야기를 입 밖에 내지 않았다. 나 같은 인간의 종착역은 두말할 것도 없이 퇴폐주의다. 닷짱 앞에서는 낙천적인 사람인 양 행세하면서, 뻔뻔스레 한 여성에게 용

돈을 받으러 다니고 있다는 것이나 수면제 중독에 빠져 있다는 사실은 철저하게 숨겼다.

그렇게 살아가던 내 앞에서 닷짱이 사라진 것은 1953년 가을이었다. 닷짱은 내 앞에서 홀연히 모습을 감추었다.

2년 뒤, 나는 소포 하나를 받았다. 소포 겉면에 '닷짱'이라는 글씨만 적혀 있고 안에 얄팍한 잡지 한 권이 들어 있을 뿐 편지 한 장 없었다.

나는 닷짱이 보내 준 〈기린〉이라는 잡지를 멍하니 바라보았다. 그리고 책장을 넘겼다.

"이번 호에는 M소년의 '나는 나쁜 짓을 했다'라는 글만 싣기로 했습니다. 〈기린〉이 창간된 이래 이런 일은 한 번도 없지만, 이 글을 독자 여러분께 꼭 보여 드리고 싶었습니다. 부디 여러분도 M소년의 글을 끝까지 꼼꼼히 읽어 주시기 바랍니다."

이게 뭐지……? 싶었다. 나는 글을 읽기 시작했다. 그리고 내 눈과 내 영혼, 내 모든 것이 한순간 거기에 못 박혔다. 열한 살 된 어린이가 쓴 원고지 120매 분량의 글은 병든 내 마음을 송두리째 사로잡았다.

무심코 급식비를 써 버린 M소년은 영혼의 방랑을 시작한다. 하나의 죄는 또 다른 죄를 불러 소년의 영혼은 절망하고, 그리고 절규한다.

어쩌자고 이런 짓을 한 걸까? 내일 선생님한테 뭐라고 하지? 어떡하지? 지금이라도 사실대로 털어놓을까? 아냐, 안 돼. 선생님한테는 벌써 거짓말을 해 버린걸. 하지만 나쁜 짓이야. 벌써 두 번째야. 들키면 어차피 야단맞을 텐데. 한 번이든 두 번이든 야단맞는 건 마찬가지잖아. 죄다 써 버린걸. 모르겠다, 될 대로 되라지. 잊지 마, 죄다 써 버렸다구. 하지만 아무것도 안 사 주니까 그런 거잖아. 구두쇠. 이 돈을 쓰면 왜 안 되는 거야? 바보 같아. 내가 물어 줄 줄 알고. 절대로 안 물어 줄 거야.

M소년의 두려움, 후회, 그리고 너무도 인간적인 욕망 앞에 쉽사리 무릎을 꿇어 버린 자기 자신에 대한 분노. M소년은 다름 아닌 나 자신이 아닌가? M소년은 자신의 거짓말에 호락호락 속아 넘어가는 어른들을 비웃고, 비웃음으로써 스스로 상처를 입는다……. 지금까지 그런 식으로 살아온 나.

1학년 때가 생각난다. 공원에 있는 철봉에 올랐다가 보기좋게 떨어졌지. 올랐다가는 떨어지고, 떨어지면 또 오르고. 4학년 때도 그랬어. 철봉 거꾸로 오르기가 잘 안 돼서, 체육 시간에 힘들었어. 무지무지 애썼는데. 선생님이 내 발을 잡고 끙끙거리며 밀어 올렸지만 끝내 안 돼서 아이들이 마구 웃었어. 그래도 맨 처음 내 힘으로 철봉에 올라갔을 때는 정말 기뻤는데. 친구들도 손뼉을 치며 좋아해 주었고.

절망 끝에 M소년은 가출을 한다. 주린 배를 움켜쥐고 추위에 떨면서 강가에서 시간을 보낸다. 소년은 대나무와 실로 인형을 만들어, 하나, 둘, 셋, 넷, 둘, 둘, 셋, 넷 구령을 붙이며 인형을 움직였다.

그 인형을 보면서 소년은 혼잣말을 한다.

"또 떨어졌구나. 올라갔다가는 떨어지고, 떨어졌다가는 다시 오르고."

아름다운 광채를 지닌 말은 슬픔으로 가득하여 차라리 고통스럽다. 겨우 열한 살 된 소년이 인생의 심연을 응시하고 있다.

거짓말을 해서 괴로울 때도, 즐거울 때도 있다.

무지무지 나쁜 짓을 저지른 내가 조금 나쁜 짓을 하고 돌아온 척할 수는 없을까?

내가 저지른 짓에 정말 기가 막힌다. 제발 무사히, 무사히 넘어갔으면. 나무아미타불, 하느님, 부처님, 보살님, 부탁이에요. 나무아미타불, 나무아미타불, 부탁이에요. 제발 부탁이에요. 바보, 이런다고 이 사람들이 내 부탁을 들어줄 것 같아? 정말 큰일났다.

어쩌자고 급식비를 써 버렸을까? 아무것도 안 사 줘서 그랬다고는 하지만, 내가 아무 말도 안 했으니 안 사 주는 건 당연하잖아. 그러니까 아무것도 안 사 줘서 그랬다는 말은 핑계일 뿐이야. 이상한 버릇이 생겼어. 그만두자, 그만두자 생각해도 그만둘 수가 없어. 너무 이상해. 이렇게 간 큰 짓을 아무렇지도 않게 저지르는 용기는 있으면서, 이거 사 줘, 저거 사 줘 같은 말은 할 수가 없어. 정말 이상한 일이야. 난 겁쟁이야.

인생의 나락을 맛보고 거기에서 벗어나려는 강인한 영혼 앞에서 나는 내 자신이 수치스러웠다. 나라는 인간의 모든 허구가 낱낱이 벗겨지는 것 같았다.

닷짱! 나는 부르짖었다.

닷짱은 어떤 인간이었을까?

우체국 소인에는 이사하야라고 찍혀 있었다. 그때 문득 떠오른 생각이 있었다. 언젠가 닷짱은 시골 학교의 수위 생활도 나쁘지 않겠다고 말한 적이 있다. 책이라곤 읽어 본 적이 없다던 닷짱이 어린이들의 시와 글을 싣는 잡지를 알 턱이 없다.

닷짱, 학교 수위가 되었구나. 그랬구나. 닷짱은 나의 모든 것을 꿰뚫어 보고 있었다.

*〈기린〉은 다케나카 이쿠의 감수로 1949년 2월에 창간된 잡지다. 이노우에 야스시, 사카모토 료, 아다치 겐이치 들이 만들다가 1971년 사카모토 료 추도호를 마지막으로

폐간되었다. 220호까지 발간된 이 잡지는 〈빨간 새〉를 능가하는 장기 간행물이었다. 〈기린〉에서 만든 책으로 《기린의 책》 전3권, 《아버지》《어머니》《시의 앨범》《어린이 시인들》(아다치 겐이치 저) 《선생님, 내 부하 해》(하이타니 겐지로 저) 등이 있고, 모두 리론샤에서 출판되었다. '나는 나쁜 짓을 했다'의 전문은 세카이시소샤의 어린이 문학 총서 제4권 《어린이가 산다》(하이타니 겐지로 책임편집)에 실려 있다.

〈기린〉의 어린 전사들

잡지 〈기린〉에는 어린 전사가 아주 많았다.

선생님, 나는 나쁜 짓을 했어요. 선생님은 잘 모르겠지만, 나는 남의 집 이층에 몰래 들어갔어요. 내가 '○○에 대해서' 나 '○○에 대해서'를 쓰기 전의 일이에요.

나는 우리 집 지붕을 통해 ○○○네 집에 들어가, 서랍을 열고 크레파스를 훔쳤어요. 공책도 훔쳤어요.

선생님, 나는 이런 나쁜 짓을 했어요. 그러고는 집으로 돌아와 혼자 놀았어요. 그리고 ○○○○에 갔어요. 거기 가니까 아이들이 술래잡기를 하고 있어서 끼워 달라고 했지만 싫다고 해서 나는 그냥 가만히 있었어요. 그리고 여섯 시가 되어 목욕탕에 가려는데, ○○○가 같이 가자고 해서 같이 갔어요. 그리고 밥을 먹고 잤어요.

아침에 또 ○○○네 집에 몰래 들어갔어요. 서랍을 여는데, 아줌마가 이층에 올라왔어요. 나는 당장 지붕에서 뛰어내려 우리 집으로 돌아왔어요.

선생님, 나는 엄마한테 야단맞았어요. 대나무로 마구 맞아서 대나무가 부러졌어요. 그리고 왼쪽 귀에서 입술까지 띠처럼 딱지가 앉았어요.

선생님, 나는 누가 내 얼굴을 보는 게 싫었어요. 그때는 3학년 1반이든 2반이든 6학년이든 아무하고나 싸움을 했어요. 막대기로 ○○○를 패거나 돌멩이를 던지거나 하루 종일 마구 떠들며 싸움을 했어요. 나는 거울을 보면서 얼굴의 딱지를 떼 버렸어요.

나는 선생님한테 칭찬받지만, 선생님한테는 언제나 칭찬받지만, 나는 아주 나쁜 짓을 하고 있어요. 남의 집에서 공책을 훔쳐서 달아나는 것은 나쁜 짓, 나쁜 짓이에요.

선생님, 3학년 중에서 아이들이 가장 싫어하는 사람이 나예요. 내 마음속의 악마가 착한 마음이 들어 있는 금고의 뚜껑을 닫고 있는 게 틀림없어요. 그래서 나는 안 돼요.

악마는, 악마는 왜 사람한테 있는 걸까요? 악마는 사람한테 있으면 안 되는데. 나는 악마의 손이 움직이고 있기 때문에 나쁜 걸까요? 악마는 왜 있는 걸까요?

선생님, 말해 주세요. 엄마는 내가 남의 집에 몰래 들어갔지만 "도둑질도 안 하고 버릇없는 성격도 고치면 훌륭한 사람이 된다."고 했어요. "남들이 싫어하지 않는 사람이 된다."고 했어요.

선생님은 어떻게 생각하세요? 선생님은 어떻게 생각하는지 꼭 편지해 주세요. 선생님, 꼭 좀 말해 주세요. 선생님도 다른 사람한테 내 이야기를 듣겠죠? 다들 나를 싫어해요. 나는 아무래도 글렀나 봐요.

선생님, 용서해 주세요. 선생님, 제발 용서해 주세요.

이 아이의 글을 읽고 나는 온몸이 떨렸다. 내 인생의 어떤 예감 같은 것을 느꼈기 때문일까? 아니면 띠처럼 내려앉은 수많은 죄의 딱지를 벗겨 내기 위해 몇십 년의 세월을 보내게 될 내 인생을 환영처럼 보았기 때문일까?

〈기린〉의 전사는 이 아이만이 아니다. 사와 마사히코라는 아이가 있다. 5학년 때부터 산문과 시를 쓰기 시작해 졸업할 때까지 85편의 작품을 썼다. 단 세 편만 빼고 모두 소에 관해 쓴 작품들이었다.

소와 나

1. 소가 좋아합니다. 원래는 꼬리를 그렇게 흔들지 않는데 요즘은 흔듭니다. 소는 힘센 소도 있고, 약한 소도 있습니다. 얼굴이 길쭉한 소도 있습니다. 소도 싫은 소와 나쁜 소가 있습니다. 지금 기르고 있는 27만 엔짜리 소가 좋습니다.

2. 비듬이 많은 소가 젖이 잘 나오기 때문에 그런 소를 길러야 합니다. 잘 모르는 사람은 그런 소는 지저분하다고 하지만, 전문가가 보면 그런 소가 좋은 소입니다.

3. 소를 풀어 놓으면 개랑 싸움을 합니다. 소가 경주하는 말처럼 펄쩍펄쩍 뛰어다닙니다. 개가 멍멍 짖으며 쫓아갑니다. 소도 내가 옆에 없으면 불쌍하다고 생각했습니다.

4. 소 목에 줄을 매고 아무리 잡아당겨도 아프지 않지만, 내 목에 줄을 매고 잡아당기면 살갗이 벗겨지고 목이 막힙니다. 나는 소 목에 매달릴 만큼 소가 좋습니다. 딴 데 가 있어도 소 생각만 나고 다른 생각은 안 납니다.

5. 소는 몸집이 아주 크고, 나는 몸집이 아주 작습니다. 소는 다리도 깁니다. 나는 뭘 해도 소한테 이길 수 없습니다. 나는 소한테 이기고 싶지만 이길 수가 없습니다.

6. 소는 뿔이 부러지면 값도 떨어집니다. 서양 소는 값이 그대로입니다. 일본 소는 값이 떨어집니다.

7. 다카하시와 오카는 나더러 소똥치기라고 놀립니다. 나는 "소똥 치우는 게 뭐가 나빠?" 하고 말했습니다. 집에 돌아와서 또 똥을 치웠습니다. 깨끗하게 기르면 소도 기분 좋을 거라고 생각합니다. 소를 더럽게 키우는 집은 소젖도 안 나옵니다.

비속한 가치관에 치열하게 저항함으로써, 사와 마사히코는 자신의 상냥함을 지켜 내고 있다. 하지만 여기에 담긴 의미를 내가 진정으로 이해한 것은 훨씬 뒤의 일이다.

그때 내가 사와 마사히코의 글에 끌린 이유는 소에 대한 소년의 집착을 문학에 대한 나의 집착과 동일시했기 때문이리라. 말하자면 나는 사와 마사히코의 글에서 본질적인 것은 무엇 하나 배우지 못했던 셈이다. 다음에 소개하는 사와 마사히코의 아름다운 문장도 그때는 그냥 지나쳐 갔음에 틀림없다.

어제 외양간을 치우려는데 온통 똥이어서 나무 판자로 치웠습니다. 나무 판자로 치우니까 똥이 자꾸 떨어져서 손으로 치웠습니다. 똥 만졌던 손을 씻으니까 아주 깨끗해졌습니다.

내가 소의 혀를 만지니까 꿈틀거렸습니다. 소 혀에 내 혀를 맞대니까 꿈틀거려서 기분이 안 좋았습니다.

소가 병에 걸렸습니다. 가즈마사네 소보다 훨씬 많이 아팠습니다. 내가 외양간에 들어가 소의 다리를 짚으로 문질러 주니까, 눈물이 마음속에서 울고 있습니다.

지금에야 나는 생각한다.

〈기린〉은 보물의 산이다. 처음부터 아이들의 작품을 내 삶과 동떨어진 곳에서 바라보지 않고 함께 살아가고 함께 배우는 인간의 근원적인 문제로 받아들였다면, 나는 훗날 남에게 상처를 주고 남을 짓밟는 쪽에 서지 않았으리라.

배우는 것은 변화하는 것이다. 〈기린〉의 어린 전사들이 살아가는 모습에 충격을 받고 감동을 받으면서도, 나는 아이들로부터 배우려 하지 않았다. 그것이 내 인생을 그릇된 방향으로 이끈 결정적인 원인이었다.

여기저기 일자리를 옮겨 다닌 끝에, 나는 M조선소의 임시직 노동자가 되었다. 임시직은 흔히 사외공으로 불렸다. 사외공은 출입문이 따로 있었다. 소나 말을 몰아넣었음직한 울타리가 있고, 사외공은 그 앞에 줄을 섰다. 그리고 사진이 붙어 있는 신분증명서 같은 것을 보여 주고 본인 확인을 한 뒤에야 공장 안으로 들어갈 수 있었다. 정규직 노동자들이 가슴에 단 배지를 대충 보여 주며 넓은 정문을 통과하는 것에 비하면 지나치게 부당한 처사였다.

내가 속한 S조는 주로 전기 용접을 했는데, 사람들은 우리 조를 '외인부대'라고 수군거렸다. 우리 조는 대개 전과자나 불량배, 사정이 있어서 보증인을 세우지 못한 사람, 읽고 쓸 줄 모르는 사람들로 이루어져 있었다.

처음에 나는 용접을 하고 남은 용접봉 동강을 주우러 다녔다. 조선대(선체를 조립하여 선박을 건조하는 대 – 옮긴이) 밑이나 갑판의 승강구 안까지 기어 들어가 길이 3~4센티미터짜리 용접봉을 주웠다. 버러지 같은 일이었다. 땀과 녹과 먼지로 금세 얼굴이 새까매졌다.

점심시간이면 공장을 나와 세수를 한다. 거울에 비친 더러운 내 얼굴에 냉소를 짓는다. 구역질 나는 체취 속에서 북적거리며 밥을 먹는다. 마치 죄수들 같았다. 밥을 먹고 나면 차가운 철판 위에 누워 푸른 하늘을 바라본다. 마음이 평화로워지는 것은 이때뿐이었다.

주머니에서 영어 사전을 꺼내 본다. 학문의 세계가 언젠가는 이 비참한 세상에서 나를 구원해 줄 거야. 나는 남몰래 그런 생각을 하고 있었다. 그것만이 유일한 희망이었다.

내가 존경하는 시인 사카모토 료의 유언에 이런 구절이 있다.

"요짱의 늑막염이 몹시 걱정됩니다. 부디 공부 같은 것은 시키지 않았으면 합니다. 학문보다 건강이 더 중요합니다. 학문에 무슨 값어치가 있습니까. 두 다리로 걷고 두 손을 움직여 일하는 것보다 좋은 것은 없습니다. 어설픈 학문으로 남을 깔보는 것이 가장 나쁜 일입니다. 남에게 핍박받거나 남에게 속는 사람이 더 훌륭한 사람입니다. 요짱을 그런 사람으로 키워 주십시오."

가난한 인간이 가난에서 벗어나려는 것 자체가 죄가 되는, 움직일 수 없는 굴레와도 같은 진창 속에 나는 발을 들여놓으려 하고 있었다.

S조 사람들은 나에게 친절했다. 특히 도시봉은 내게 한없는 호의를 베풀어 주었다. 나는 곧잘 도시봉이 일하고 있는 곳으로 가서 게

으름을 피웠다.

하루는 도시봉이 유조선의 돛대를 용접하더니 돛대 양끝에 발을 드리웠다.

"도시봉, 뭐 하는 거예요?"

내가 묻자, 도시봉은 손가락을 까딱거리며 나를 가까이 불렀다.

"여기서 공부해."

도시봉은 도대체 속을 숨길 줄 모르는 사람이었다.

"우리 여동생, 이거야."

하며 머리 위에 손가락으로 동그라미를 그려 보였다. 정신지체자라는 뜻 같았다.

"장애인 시설에 다녀야 하기 때문에 돈이 많이 들지."

도시봉이 이렇게 말하자, 모두들

"거짓말 마슈. 당신이 돈을 퍼 주는 데는 색시집이잖아."

하고 놀려댔다.

도시봉은 중년이었고 성병을 앓고 있었으니까 이 말은 사실이리라.

나는 도시봉을 따라 붕장어 낚시를 간 적이 있다. 그날은 입질이 영 신통찮았다. 도시봉은 조바심을 내더니 함께 온 동료들에게 눈짓을 보냈다. 이어서 얼마 안 되는 붕장어를 죄다 내 통에 넣어 주었다.

"아저씨들은 어쩌고?"

내가 묻자, 도시봉은 거리낌없이 말했다.

"붕장어가 안 낚이니 계집이나 낚으러 갈란다."

"나도 같이 가요."

그러자 도시봉이 단호하게 말했다.

"거긴 공부할 사람이 갈 데가 못 돼."

도시봉은 그런 사람이었다.

나는 S조 사람들과 친해졌다.

그들을 생각나는 대로 써 본다.

입만 열었다 하면 경륜 이야기만 하는 모리카와 씨는 나이가 꽤 지긋한 독신으로, 한쪽 팔을 못 썼다. "인간은 죽을 때는 누구나 혼자야."가 입버릇이었지만, 어찌 된 일인지 사이비 종교에 빠져 있었다.

이불 속에서 손전등을 켜고 자기 아내의 '어떤 부분'을 보는 게 취미라던 야스 씨는 항상 사냥 모자를 쓰고 다녔다.

현장 감독 네 명 가운데 가장 호인이던 시마다 씨와 식당에서 일하던 마사코 씨는 부부였다. 나이 차이가 열다섯 살이나 났다. 소문에 따르면, 마사코 씨는 시마다 씨와 결혼하기 전에 마약 중독자라는 말이 나돌던 젊은 다케오 씨한테 반해 몸을 망쳤다고 한다.

오키나와에서 집단 취업을 나온 가네시로 히로시 씨는 덩치가 아주 좋고 남자답게 생긴 사람이었다. 하지만 겉보기와는 다르게 누가 농담을 하면 금세 얼굴이 새빨개졌다. 가네시로 씨는 사무실에서 잔일을 하던 다케오 씨의 여동생을 좋아했지만 다케오 씨가 둘 사이를 반대했다. 그래서 다케오 씨와 여동생은 사이가 나빴다.

다케오 씨 여동생 이름은 사와였는데, 이름에서 풍기는 고풍스러

운 분위기와 달리 못 말리는 왈가닥이었다. 용접봉 수취 전표를 잘못 가져가거나 하면 아무한테나

"으이구, 이 바보."

하고 괄괄한 고베 사투리로 타박을 주었다. 그런데 어찌된 셈인지 나에게만은

"하이타니 군."

하고 '군'까지 붙여서 묘한 억양으로 말했다.

사와 씨는 가슴이 아주 풍만해서, 나는 사와 씨를 제대로 쳐다볼 수가 없었다.

사와 씨는 내가 읽고 있는 〈기린〉을 슬쩍 들여다보며

"흐음, 재미있군."

하고 말하곤 했다.

S조 사람들은 내게 친절했다. 다 쓴 용접봉 동강을 버리지 않고 갖다 주거나 잔업할 때 나오는 빵을 주기도 했다.

그들은 야간 고등학교에 다닌다는 이유만으로 나를 뭔가 특별한 사람으로 대했고, 거기에서 쾌감을 느낄 만큼 나는 타락해 있었다. 나는 그 사람들에게 둘러싸여 있으면서도 그들에게 동화되려 하지 않았다. 어딘가 그들과는 다른 곳을 보고 있었다.

나는 한 가지 사실을 그 사람들에게 철저하게 숨기고 있었다. 그것이 상냥하고 친절한 사람들을 배신했다는 가장 뚜렷한 증거이자 내가 얼마나 비인간적인지 말해 주는 증거였으리라.

내 아버지와 큰형과 작은형, 그리고 내 바로 밑의 남동생도 M조선소에 다녔다. 아버지는 열네 살 때부터 계약직 견습공으로 M조선소에서 일했다. 아버지는 선반공이었다. 큰형과 작은형과 남동생도 기술 양성 학교를 나온 중견 공원이었다. 다만 내가 사외공으로 일하던 시절에 남동생은 아직 M조선소에 다니지 않았다.

말하자면 우리 가족은 'M조선소의 공로자, 공로 가족' 인 셈이다. 신문의 전면 광고에는 안전모를 쓴 중년 사내가 환하게 웃고 있는 노인과 긴장한 얼굴의 젊은이 사이에서 양쪽으로 어깨를 걸고 있는 사진이 심심찮게 실린다.

'부자 3대' 따위의 제목이 붙은 기업 광고인데, 그야말로 우리 가족 이야기라고 할 수 있다. 하지만 이 노동자 가족의 실태는 참담하기 짝이 없었다.

내 아버지의 불행은 의지력이 약하다는 점과 M이라는 중산층 출신의 음흉한 사내를 상사로 두었다는 점에서 비롯되었다. M이라는 사내는 자식이 주렁주렁 딸린(우리는 7형제였다.) 가난뱅이 남자의 소박한 즐거움인 노름을 묵인해 줄 만한 도량이 없었다. 소박하든 어쨌든 노름은 노름이라고 생각했고, 그런 일에 간섭하는 것이 사생활 간섭이라는 자각조차 없었기에, 그 사내는 아버지를 들들 볶아댔다.

아버지는 노름에 점점 깊이 빠져드는 것으로 그 사내에게 반항했고, 그 피해는 고스란히 우리 가족에게 돌아왔다.

한편 작은형은 말썽을 일으켜 아버지와 회사에 반항했다. 툭하면

값비싼 공장 물건을 빼돌려 팔아먹었다. 섣불리 설교를 할라치면 누구든 가리지 않고 뒷마당으로 불러내 주먹으로 때려눕혔다. 도가 지나치면 해고를 당하거나 경찰 신세를 지겠지만, 작은형은 겁이 많은 감독을 교묘히 이용할 줄 알았다. '괜히 소란 떨면 신상에 좋지 않아.'라는 영화 대사를 곧잘 써먹었던 것이다.

좀 더 훗날의 일이지만, 결국 작은형은 권투 선수가 되겠다며 집을 나갔다. 내친김에 말하자면, 남동생 역시 병적으로 여기저기에서 돈을 빌려 파산 지경에 이른다. 오직 큰형만이 근무 태도나 생활 태도가 견실한 모범생이었다. 그러나 그것이 훗날 정신장애와 그로 인한 자살의 한 원인이 된다. 한마디로 붕괴된 가족의 전형이었다.

자본가나 노동자에 대해 나만큼 굴절된 감정을 가진 사람은 없을 거라고 나는 종종 생각한다. 얼마나 이해했느냐는 둘째 치고 야간 고등학교 2학년 때쯤부터 사회과학 책이나 도쿠나가 스나오(프롤레타리아 문학가 – 옮긴이)의 소설을 읽기 시작했으니까 그쪽 시각으로 자본가와 노동자를 바라볼 수도 있었으련만, S조 사람들이 자신의 전과 사실을 숨기듯이 나는 내 가족 상황을 철저히 숨겼다.

남창 닷짱이 갑자기 내 앞에서 사라진 것처럼, 그 성격 좋은 도시 봉도 어느 날 갑자기 우리 앞에서 사라져 버렸다. 자본주의 사회의 잔혹함이라고 하기에는 너무나 가슴 아픈 비극이었다.

용접공은 철공이 작업을 끝내지 않으면 일을 할 수가 없다. 그런데 그 철공이 용접공과 같은 임시직이 아니라 정규직일 경우, 일을 시작하기 전에 뇌물을 먹이지 않으면 싫은 소리를 하는 경우가 있다. 임시직은 완성한 제품 수만큼 임금을 받기 때문에 그날 그날의 작업량이 곧바로 살림살이에 영향을 준다.

웬만한 소리는 못 들은 척하면 그뿐이지만, 그때 정규직 K는 몹시 집요했다. 도시봉은 K를 공장 뒤로 불러 혼쭐을 냈다. 그러자 이번에는 K가 퇴물 깡패 몇 명을 시켜 도시봉을 초주검으로 만들었다.

이튿날 아침, K는 탈의실로 들어가려고 복도 모퉁이를 돌았다. 도시봉의 손에 들려 있던 회칼이 자루만 남긴 채 K의 뱃속으로 파고드는 데는 한순간도 걸리지 않았다. 즉사였다.

두 가지 도둑질

우리 집에는 낡은 사진 한 장이 있다. 아버지가 군대에 가기 전날 기념으로 찍은 가족 사진인데, 내가 초등학교에 갓 입학했을 무렵에 찍은 것이다.

사진 한복판에 군복을 입은 아버지가 보인다. 말이 좋아 군복이지 이등병의 군복은 공장 노동자들이 입는 푸른색 작업복과 다를 바 없었다. 교토의 술집에서 태어난 아버지는 피부가 하얘서 꼭 배우 같았다.

아버지 앞에는 큰형과 작은형이 있다. 보이스카우트 제복을 입고 있는데, 잔뜩 긴장한 얼굴이다. 나는 할아버지 무릎에 손을 얹고 똑바로 앞을 보고 있다. 커다란 검은 모자와 멜빵바지가 제법 세련된 느낌을 준다.

큰 여동생은 원피스 차림에 챙이 넓은 모자를 쓰고 놀란 얼굴로 앞을 보고 있다. 젖먹이 남동생을 안은 어머니는 인자한 표정으로 오른쪽 끝에 서 있다. 둘째 여동생과 막내 여동생은 아직 태어나지 않았다.

이따금 나는 그 사진을 꺼내 물끄러미 들여다본다. 다들 똑같은 눈을 하고 있구나 생각한다. 딱히 특별할 게 없는 사람들이었다. 하층민 동네에서 자란 아이들이지만, 의외로 빈티 나는 얼굴은 아니었다. 아버지가 홍등가 출신이기 때문인지도 모른다.

사진 한가운데 찍힌 사람은 빨리 죽는다고들 한다. 엉터리 같은 말이지만 정말 그렇게 되어 버렸다.

우리 형제의 공통점은 고집이 세면서도 마음 약한 구석이 있다는 점이다. 우리는 어린 시절에 전쟁과 가난을 함께 겪었다. 간식 시간에 골고루 나눠 받는 과자처럼 공평하게. 우리 형제가 뿔뿔이 흩어져 각자의 길을 걷기 시작한 것은 패전 후의 일이다.

지금도 뚜렷이 기억하고 있는 일이 하나 있다. 패전하던 해 여름이었다.

그날 우리는 이상하리만큼 사이가 좋았다. 6학년이던 작은형을 선두로, 4학년이던 나와 1학년이던 여동생, 강아지처럼 쉴새없이 뿔뿔거리며 돌아다니던 다섯 살배기 남동생, 그리고 세 살배기 여동생이 한여름의 뙤약볕 아래를 걷고 있었다. 뭐가 그리도 좋은지 우리는 웃고 노래하고 까불었다.

나와 작은형만이 문득문득 웃음을 멈추었다. 그 무렵 아버지와 큰형은 생사를 넘나드는 중상을 입고 병원에 누워 있었다. 두개골이 함몰된 것이다. 우연의 일치일까, 아버지와 큰형은 다친 곳이 똑같았다.

전쟁을 피해 오카야마에 가 있던 우리는 M조선소에서 일하는 아버지와 큰형이 보내 주는 돈으로 가까스로 생계를 꾸려 갔다. 아버지와 큰형은 생활비를 아끼기 위해 스즈란다이에 있는 친척집에 얹혀 살면서 M조선소에 다녔다.

지금은 평지로 변했지만 그 무렵 친척집이 있던 곳은 산 속의 작은 마을로, 장난감 같은 전차가 고통스러운 신음 소리를 내며 힘겹게 올라왔다가 내려갈 때는 쉴새없이 브레이크를 밟았다. 승객들 귀에는 그 소리가 비명처럼 들렸다. 전차는 항상 승객들로 발 디딜 틈이 없었다. 사람들은 붙잡을 만한 데만 있으면 창문이든 통신기 위든 가리지 않고 올라탔다.

어느 날 아침, 여느 때와 다름없이 전차가 출발했다. 여느 때와 다름없이 비명 같은 브레이크 소리가……. 그러나 브레이크 소리는 들리지 않았다. 역이 눈앞에 보이는 순간, 전차는 눈 깜짝할 사이에 역을 빠져 나갔다.

승객들은 사태가 심상치 않음을 깨닫고 서둘러 수동 브레이크를 당겼지만, 이미 소용이 없었다. 몇 번째 분기점을 지났을까, 전차가 허공을 날았다. 날개 없는 새처럼.

아버지와 형은 움푹 팬 구덩이 같은 곳에 쓰러져 있었다. 머리의 상처는 전차 지붕에 붙어 있던 집전장치가 떨어지는 바람에 생긴 것으로 추정되었다.

사고 소식을 듣고 오카야마에 있던 어머니가 허둥지둥 고베로 달려갔다. 가기 전에 어머니는 가진 돈을 몽땅 우리에게 쥐어 주며 일주일쯤 견디라고 당부했다.

나는 이따금 주머니에 손을 넣어 돈이 있는 것을 확인하고는 빙긋 웃었다. 아버지와 형이 죽을지도 모르는데, 그날 우리가 다같이 노래를 부르며 뙤약볕 아래를 걸어간 것은 돈츠쿠라는 과자를 사 먹기 위해서였다. 이 과자를 뭐라고 설명하면 좋을까. 크기는 단팥묵 두 개만 했고 색깔도 단팥묵처럼 까맸다. 원료는 쌀겨, 밀기울, 옥수수 가루와 야자가루였는데, 아주 약간 단맛이 났다. 사카린이나 둘신(인공 감미료의 일종 – 옮긴이)이 들어 있었을까? 한마디로 찐빵 같은 것이다.

그 무렵 우리 소원은 돈츠쿠 하나를 통째로 먹어 보는 것이었다. 그럴 수만 있다면 죽어도 좋다고 생각할 정도였다. 돈츠쿠는 화요일과 금요일에 팔았다. 금방 동이 나 버려서, 그날은 두 시간 전에 가서 줄을 섰다. 게다가 한 사람에게 하나씩만 팔았기 때문에 세 살배기 여동생까지 데리고 나섰다.

뜨거운 뙤약볕 아래서 두 시간을 기다린 끝에 드디어 우리 차례가 왔다.

"얘하고, 얘하고, 얘하고, 얘하고, 저요."

형이 우리 형제의 얼굴을 보여 주며 돈츠쿠 다섯 개를 달라고 했다. 나는 돈을 꺼내려고 주머니에 손을 넣었다. 가슴이 철렁 내려앉았다. 아무것도 없었다.

'이럴 수가.'

오는 길에 몇 번씩이나 주머니를 확인했는데.

"이럴 수가!"

나는 비명을 지르듯 소리쳤다. 순식간에 낯빛이 파랗게 질리는 것을 스스로도 확연히 느낄 수 있었다. 돈츠쿠는 덧없이 사라져 버렸다. 맨 먼저 세 살배기 여동생이 울음을 터뜨렸다. 이어서 작은형도, 여동생도 울었다.

나는 작은형한테 얻어맞을 거라고 생각했다.

'빨리 때려, 얼마든지 때려.'

작은형은 입을 꾹 다물고 있었다. 그리고 동생들 머리를 쓰다듬어 주고는 울먹이며 말했다.

"하야나에, 집에 가서 오빠가 맛있는 거 만들어 줄게. 그러니까 이제 그만 울어, 응? 응? 자, 눈물 뚝."

돌아오는 길 내내 눈앞이 온통 부옇게 흐려 보였다. 잃어버린 것은 돈만이 아니었다. 한 줄기 희망도 함께 잃어버렸다.

집으로 돌아오자, 작은형은 약속대로 보리를 볶아서 동생에게 먹였다. 어린 여동생은 웃음을 되찾았지만, 줄어든 식량은 그대로 우리 모두에게 부담이 되었다.

우리는 뒤주 바닥에 조금 남아 있던 보리를 정확하게 6등분했다. 하루치를 솥에 쪄서 3분의 2는 저녁때 먹고, 나머지 3분의 1은 죽을 끓여 아침에 먹었다. 우리는 늘 굶주려 있었다. 오로지 먹을 것 생각뿐이었다.

엄마가 옆집에 사는 겐 아저씨 앞으로 속달을 보내 왔다. 겐 아저씨가 그 편지를 들고 왔을 때는 나도 가슴이 떨렸다.

"다행이다."

겐 아저씨가 말했다.

"아버지도, 요시오도 무사하다는구나."

이상하게도 그때 '아, 다행이다.'라고 생각했던 기억이 내게는 없다.

'바보, 그런 일로 죽을 리가 없잖아.'

나는 그렇게 생각하고 있었는지 모른다. 그게 더 어린아이다운 생각이리라.

닷새가 지났다. 이틀만 더 견디면 되었다. 작은형은 이틀치 보리를 한꺼번에 쪘다. 그냥 먹으면 모자라기 때문에 아침저녁으로 죽을 끓여 먹을 생각이었다.

보리밥을 밥통에 옮기고 정확하게 6등분을 한 다음, 작은형과 나는 안심하고 학교에 갔다. 그날은 오후까지 수업이 있었다. 나는 학교에서 돌아와 어깨에 멘 가방을 달랑거리며 부엌문을 지나 방으로 들어갔다. 남동생과 여동생이 밥통을 사이에 두고 마주 앉아 있었다. 입가에 밥알이 잔뜩 붙어 있었다.

"뭐 하는 거야!"

나는 엉겁결에 소리를 질렀다. 남동생 손에서 밥통을 낚아챘다. 이게 대체 어떻게 된 일인가. 밥통을 뒤집어도 보리밥 한 알 떨어지지 않았다.

"무슨 짓을 한 거야, 이 바보야!"

동생은 겁먹은 얼굴이었다.

"난 몰라. 작은형 돌아오면 죽을 줄 알아. 머저리, 확 죽여 버릴 거야!"

나는 텅 빈 밥통으로 동생을 힘껏 후려쳤다. 남동생과 여동생은 지붕이 날아갈 듯 울어대기 시작했다.

"운다고 밥이 도로 생겨? 바보야. 죽어 버려!"

작은형이 돌아왔다. 자초지종을 듣고는 짤막하게 말했다.

"그만 용서해 줘."

"먹을 게 없잖아."

"어쩔 수 없잖아."

작은형이 처음으로 무서운 얼굴로 나를 노려보았다.

그날 밤 우리는 겐 아저씨가 나눠 준 감자를 삶아 저녁을 때웠다. 겨우 엄지손가락 크기만 한 푸른 감자였다. 옆집이라고 먹을 게 풍족하지는 않았다. 마당에 심어 놓은 감자를 캐서 우리한테 나눠 준 것이다. 조그만 감자는 맵싸한 맛이 났다. 우리는 혀를 호로록거리며 감자를 먹었다.

다음 날 작은형과 나는 휘청거리며 학교에 갔다. 점심시간이 되자 눈앞이 흐려지고 서 있을 수도 없었다. 집으로 돌아와서 곧장 뻗어 버렸다.

여동생이 배가 고프다고 울었다. 한참을 훌쩍거리더니 언제부턴가 울음도 그쳤다. 그저 눈만 번뜩이며 이따금 입을 빠끔거렸다. 다들

상한 생선처럼 축 늘어져 거친 숨을 몰아쉬고 있었다.

해가 졌다. 어렴풋한 소리가 들렸다. 작은형이 무슨 말인가 하고 있었다.

"뭐라고?"

"옥수수 훔치러 안 갈래? 학교 뒤쪽에 심어 놓은 거."

"가자."

나는 주저 없이 대답했다. 먹을 것이 생긴다고 생각하니까, 비틀거리면서도 일어설 수 있었다.

"겁난다."

나는 나직이 중얼거렸다.

훔친 옥수수를 굽는 동안 둘 다 이상하게 손발이 떨렸다. 아무리 애를 써도 떨림이 멎지 않아 우리는 서로 얼굴을 마주 보았다.

다같이 옥수수를 먹었다. 사람은 배가 고프면 왜 눈이 빛나는 것일까? 다섯 살배기 남동생도, 세 살배기 여동생도 눈빛을 번뜩이며 옥수수를 뜯어 먹었다.

껌 하나

3년 무라이 야스코

선생님 화내지 마세요
선생님 제발 화내지 마세요
나 굉장히 나쁜 짓을 했어요

나 가게에서
껌을 훔쳤어요
1학년 애랑 둘이서
껌을 훔쳤어요
금방 들켰어요
틀림없이 하느님이
주인 아줌마한테 알린 거예요
나 말도 못했어요
온몸이 장난감처럼
부들부들 떨렸어요
내가 1학년 애한테
"훔쳐."라고 했어요…
1학년 애가
"너도 훔쳐."라고 했지만
나는 들킬까 봐
싫다고 했어요
1학년 애가 훔쳤어요
하지만 내가 나빠요
그 애보다 백 배 천 배 나빠요
나빠요
나빠요

나빠요

내가 나빠요

엄마한테

안 들킬 줄 알았는데

금방 들켰어요

그렇게 무서운 엄마 얼굴

처음 봤어요

그렇게 슬픈 엄마 얼굴 처음 봤어요

죽도록 때리고는

"너 같은 애는 우리 딸 아냐, 나가."

엄마는 울면서

그렇게 말했어요

나 혼자 집을 나갔어요

늘 가던 공원에 갔는데도

다른 나라에 온 것 같았어요, 선생님

어디로 가 버리고 싶었어요

하지만 아무리 걸어도

아무 데도 갈 데가 없었어요

아무리 생각해도

다리만 떨리고

아무 생각도 나지 않았어요
밤늦게 집으로 돌아가
물고기처럼 엄마한테 잘못했다고 했어요
하지만 엄마는
내 얼굴을 보고 울기만 했어요
나는 왜
그런 나쁜 짓을 했을까요
벌써 이틀이나 지났는데
엄마는
아직 슬퍼하고 있어요
선생님 어떡하면 좋아요

  나의 도둑질과 야스코의 도둑질을 비교하려고 이 시를 소개한 것
은 아니다. 밑바닥 인생을 사는 여러 사람을 만나고 그들의 상냥함에
의지하면서도 그 의미를 이해하지 못한 내 죄를 조금이나마 밝히고
싶기 때문이다. 고통스러운 삶 속에서 자신의 내면을 응시하고 자신
을 규명하려 하지 않은 채, 고통스러운 삶을 회피하려는 방향으로만
자신의 에너지를 써 버린 철면피 같은 인간에 대해 말해야 한다고 생
각했기 때문이다.
  야스코 이야기를 좀 더 해야겠다.
  야스코가 처음부터 이렇게 긴 시를 쓴 것은 아니었다.

나는 가게에서 껌 하나를 훔쳤습니다. 잘못했습니다. 선생님, 용서해
주세요.

야스코는 이 짧은 글이 적힌 종이를 들고 어머니한테 끌려왔다. 야
스코는 용서를 비는 것으로 고통에서 벗어나려 했던 것이다.

"진실을 써 봐, 야스코."

내가 그렇게 말하자, 야스코는 울음을 터뜨렸다. 어머니를 먼저
돌려보내고 우리는 이 시를 썼다. 그렇다, '우리'가 썼다.

나는 아무 말도 하지 않았다. 그저 야스코와 마주 앉아 있었을 뿐
이다. 야스코는 한 자를 적고 울고, 한 줄을 적고 울었다.

어린 소녀가 자기 자신에게 칼을 들이대고 있었다. 그리하여 불굴
의 인간이 탄생되었다.

"…… 야스코, 잘 생각해 봐. 곰곰이 생각해 봐야 하는 건 도둑질
을 한 사실이 아니라 도둑질을 한 뒤의 마음이야. 사람은 나쁜 짓을
하고 나면 반드시 뭔가에 기대려는 마음을 품게 돼. 실컷 야단맞고
나면 어쩐지 마음이 후련해지지. 그게 바로 인간이 기대려는 마음을
갖고 있다는 증거야. 아이들도 나쁜 짓을 했을 때 야단을 맞고 나면
훨씬 즐겁게 놀지 않니? 어른들도 그런 아이들을 보면서 깊이 반성
했나 보다 하고 안심하지.

하지만 양쪽 다 터무니없는 착각을 하고 있는 거야. 아무리 사소한
것이라도 한 번 저지른 죄는 영원히 사라지지 않는다고 선생님은 생

각해. 그 죄를 평생 지닌 채 살아가는 것이 인간의 삶이라고 생각해.

야스코, 그걸 잘 생각해 봐. 정말로 엄격한 사람은 한순간도 자신을 속이지 않아. 야스코의 시는 야스코가 그런 사람이 되고자 하는 증거라고 생각해. 그렇기 때문에 선생님은 야스코의 시를 읽고 눈물을 흘렸어.

야스코, 선생님은 너를 믿어. 지금 선생님이 할 수 있는 말은 이것뿐이란다."

이것은 야스코가 앞의 시를 쓰고 얼마 지난 뒤에, 내가 야스코에게 쓴 편지다. 지금 다시 읽어 보니, 야스코가 아니라 나 자신에게 하는 말 같다.

이별 저편에서

깊은 생각에 잠긴 얼굴로

토끼는 죽어 있었다

입에 피거품을 물고 있었지만

결코 비참한 모습은 아니었다

보드랍던 하얀 털은

흙과 기름으로 여기저기 짓뭉개져 있었지만

결코 살풍경한 모습은 아니었다

그때

형은 말했다

지금은 파도가 잔잔하지만

언제 또 미쳐 날뛸지 모른다

하지만 속아 보는 것도 괜찮다고

토끼는 운하를 건너고 있었다

성실하게 건너고 있었다
부질없는 일인 줄 알면서도 건너가고 있었다
건너야 한다는 숙명을 느끼고
토끼는 운하를 건너고 있었다

언덕배기에 올라
형은 말했다
오르지 못하는 언덕도 있다지만
그럭저럭 다 올라왔다고

토끼는 고독을 지그시 견디고 있었다
물빛이 너무 어둡다고 생각하고 있었다
도움을 받을 수 있을 거라고
언뜻 생각했지만
도망치는 자신의 떳떳지 못한 양심에
토끼는 침묵을 지켰다

손님이 돌아간 뒤
형은 말했다
지친 얼굴을 결코 하지 말라고
이심전심이라는 것도 있다고

토끼는 똑바로 운하를 건너고 있었다
슬픈 이야기에 몸이 가벼워졌지만
헤엄쳐 건너기에는 그만이라고
토끼는 스스로 굳게 믿고 있었다
쓸쓸한 이야기를 한 손에 받아 들고서
그것이 결코 아름다운 이야기는 아니라고
남몰래 생각하는 듯했다

요란한 쇳소리가 들리자
형은 말했다
나를 위해
딱 한 번 여행을 하고 싶구나
나를 위해

싸늘한 토끼의 몸을 바람이 훑었다
토끼는 의연하게 죽어 있었다

　　　　　　－ 시집 《토끼는 운하를 건너고 있었다》에서

　형은 죽을 때 조용했다. 특별할 것 없는 일상처럼, 초등학교 졸업식 예행 연습을 하듯 감정 없이, 물론 극적이지도 않게 그저 담담히 전날을 보냈다.

막내 여동생이 자전거를 사 달라고 졸랐다. 형과 여동생과 어머니와 나는 시내에 나갔다. 오랜만이었다. 반짝거리는 새 자전거를 보며 이게 좋다, 저게 더 낫다며 저마다 한마디씩 했다. 다음 날 한 인간이 죽음을 맞으리라고는 아무도 예상하지 못했다.

겨우 자전거를 고르고 우리 네 사람은 스페인 음식점에 갔다.

"이런 고급 음식도 다 먹어 보는구나."

어머니가 말했다.

"어떤 음식이 나올까?"

자전거가 생긴 여동생은 신이 나서 말했다.

형은 파르스름한 알코올 불꽃과 함께 나오는 플라멩카 에그라는 요리를 무심한 얼굴로 먹었다. 식욕만은 이상하리만큼 왕성해서 마치 걸신이라도 들린 것 같았다. 송아지 찜도, 야채 샐러드도 똑같은 맛인 듯했다. 그런 얼굴로 먹었다. 대화에 끼어 맞장구를 치기도 했지만 딱히 즐거워 보이지는 않았다.

그 식당의 특별 포도주에도 관심이 없었다. 술을 꽤 좋아하는 사람이었는데도 그저 술을 입에 넣고 뱃속으로 흘려 보내고 있다는 느낌이었다. 그것이 형과 함께한 마지막 식사였다.

다음 날 형은 훌쩍 집을 나섰다. 아무에게도 어디에 간다는 말을 하지 않았다. 어디를 돌아다녔을까. 형은 네 시쯤 집으로 돌아와 들보에 기다란 띠를 걸고 거기에 몸을 맡겼다.

형이 자살하기 얼마 전, 형의 직속 상사가 나를 보자고 했다. 내 직업이 학교 선생이라, 나를 우리 가족의 대표로 여겼던 것이다.

남자 몇 명이 번갈아 형의 근무 상태를 설명했다. 마지막으로 지금 하는 일 대신 허드렛일을 맡는다면 공장에는 계속 다닐 수 있을 거라고 했다. 더없이 차가운 눈초리였다.

나는 형에게 내가 듣고 온 것을 대충 설명했다. 형을 자극하지 않도록 단어를 세심하게 골라 가면서 이야기했다. 형은 먼산바라기 같은 눈을 하고 있었다.

문득 형이 말했다.

"국화라도 키워서 팔까?"

나는 그 말에 충격을 받았다. 그런 생각을 하고 있었던 걸까? 형은 고독했던 것이다.

언젠가 형은 자조적으로 중얼거린 적이 있다.

"큰애를 방위 대학(일본 방위청 소속으로, 자위대 간부를 양성하는 교육기관 - 옮긴이)에라도 보낼까?"

형의 성향으로 보아 진심으로 그렇게 생각했을 리는 없다. 왜 그런 말을 했을까. 형은 몹시 지쳐 있었던 것이다.

형은 죽기 전에 곧잘 농사를 짓거나 고기를 잡으며 살고 싶다고 했다. 형이 인간의 행복을 그런 것이라고 생각했다면, 그것은 무서운 이야기다. 형의 말이 극히 평범한 인간적 바람에서 나온 것이라면 형의 사고 방식은 나름대로 건강하다고 할 수 있다. 하지만 현재의 인간관계를 정상적이고 건강한 관계로 되돌리려면 그 수밖에 없다고 생각한 끝에 그런 말을 했다면, 형이 그 생각에 도달하기까지 받은 상처는 상상도 할 수 없는 것이리라.

그날 형은 우리 집에서 묵었다. 형은 코를 골며 자고 있었다. 나는 형의 얼굴을 물끄러미 바라보았다. 흙빛이었다. 이것이 일본의 거의 모든 산을 오른 스포츠맨의 얼굴이라고는 도저히 생각되지 않았다. 그토록 멋지게 요트를 조종하던 형은 어디서도 찾을 수 없었다. 나는 가슴이 뜨거워지면서 걷잡을 수 없이 눈물이 쏟아졌다.

형이 죽고 며칠 뒤에 나는 형의 유품을 가지러 갔다. 목형공이던 형이 즐겨 쓰던 대패며 작업복을 여행용 가방에 담았다. 하나같이 형의 체취가 느껴졌다.

로커 위에 나무 상자가 있었다. 장식이라곤 없는, 그러면서도 묘하게 기품이 감도는 상자였다. 조그만 상자인데도 뚜껑을 열자 속이 꽤 넓어 보였다.

이게 뭘까? 하고 나는 생각했다.

"쉬는 시간이면 부지런히 그걸 만들더라고. 목수 뺨치는 솜씨를 갖고 있으면서 정작 작업을 할 때는 왜 불량품만 만들어 냈나 몰라. 원, 그게 다 병 때문인지."

형의 친구 나카오 씨가 내 뒤에서 말했다.

"뭘 담으려고 만들었을까."

나는 조그만 소리로 중얼거렸다.

"응?"

"아, 아닙니다."

나는 말을 얼버무렸다.

'정말 아름다운 상자야. 이 아름다움이 왜 내겐 보이지 않았을까.'

나카오 씨가 없었다면 나는 아마 울음을 터뜨렸으리라.

일전에 그토록 차가운 눈초리로 나를 보던 사람들이 배웅을 나왔다. 그때 그 차가운 눈빛은 대체 무엇이었을까 생각될 만큼 상냥한 눈빛들이었다.

도시봉을 비롯한 S조 사람들은 그때 그때 상황에 따라 눈빛이 달라지거나 하지 않았는데……. 나는 멍하니 그런 생각을 했다.

한 사내가 손에 물뿌리개를 들고 있었다. 정문 옆 모퉁이의 손바닥만 한 땅에 파란 싹이 돋고 있었다.

국화입니까, 하고 내가 물었다.

국화예요, 하고 사내가 대답했다.

"이렇게 물을 주고 있어요. 공장의 삭막한 느낌을 조금이나마 줄여 볼까 하고요."

그 사내는 이렇게 말하며 아이처럼 천진한 눈으로 나를 보았다. 나는 등줄기가 오싹했다.

이야기는 다시 야간 고등학교 시절로 돌아간다.

야간 고등학교 2학년 때, 나는 한 정당의 청년회에 들어갔다. 노래 운동이나 레크리에이션을 통한 활동에는 관심이 없었고, 케케묵은 좌익 감각을 가진 당원들과 어울렸다. 그들은 돈 벌 시간을 거의 갖지 않은 채(쉽게 말해서 자기 힘으로 먹고살지 못하는 인간이다) 조직책으로 활동하는 사람들이었다. 나는 그들이 가난할수록 진짜라고 여겼고 그들의 차림새가 초라할수록 그들을 동경했다. 돈이 없어서 비참한 처지에 있던 나에게, 이것은 모순적인 기묘한 감각이었다.

나는 이 사람들과 우리 학교에서 시국 비평회를 열 준비를 하고 있었다. 떳떳하게 운동을 한다기보다 정당이 관련되어 있다는 사실을 숨기고 선동 활동을 하는 듯한 기분이었다. 정당이 부정한 것이 아니라 내가 부정했다.

지하에서 활동한다는 비밀스러운 느낌에서 나는 짜릿한 전율 같은 것을 맛보았다. 고바야시 다키지(프롤레타리아 문학가 – 옮긴이)의 책도 그 무렵에 읽었다.

그때 나는 동급생인 M과 연애를 하고 있었는데 수면제 중독증으로 M을 무던히도 괴롭혔다.

식당에서 미쳐 날뛰는 나를 M이 달래 바다로 데려갔다. 문득 정신을 차리면 M의 얼굴이 보였다. 새벽 세 시다. 그런 일이 종종 있었다.

주체할 수 없는 성욕과 죽음에 대한 생각은 묘하게 일치하는 법인데, 나 역시 청춘을 검은 크레파스로 마구 칠해 버리는 짓을 하고 있었던 것이다.

그 무렵 내 행동에는 무엇 하나 이성적인 것이 없었다. 청춘이란 다 그런 거라고 말해 버리면 그만이지만, 집안을 떠받치고 있던 큰형을 생각하면 청춘의 방황이니 하는 속 편한 말은 차마 할 수 없었다.

나는 식구들 앞에서 대학에 가겠노라고 선언했다. 그때 이미 집안에서 감당하기 힘든 지경에 이르러 있던 나의 선언에, 큰형을 비롯한 식구들은 몹시 당황했다. 여전히 노름에 미쳐 있는 아버지와 엇나가기만 하는 작은형, 입을 벌리고 그저 먹을 것만 기다리는 여동생들을 생각하면, 무조건 내 뜻을 받아들일 수는 없었다.

나는 집에서 학비를 얻어 내는 일은 꿈도 꾸지 않았다. 얼마 안 되는 내 벌이가 보태지지 않는 것만으로도 당장 살림이 쪼들리는 형편이었다.

난파선 같은 우리 집안의 키를 홀로 조종하던 것은 큰형이었다. 어쩌면 가장 엇나가고 싶었던 사람은 큰형이 아니었을까.

비석 세울 돈이 있거든 농기구를 사라는 시인 사카모토 료의 유언을 정확하게 이해할 수 있는 젊은이는 강인한 사람이리라.

'인간의 강인함'에 대한 형과 나의 통찰력에는 너무나도 큰 차이가 있었다. 형은 소규모 조합 일을 하면서 숱한 고통을 겪어야 했다. 직제에 대한 저항은 우선 직제의 유혹과 싸우는 형태로 시작해야 했다. 성실함과 소심함을 함께 지닌 큰형에게 그것은 얼마나 혹독한 시련이었을까. 보수적인 가족관을 지니고 있던 형에게 그것은 분명 이

중으로 가혹한 일이었으리라.

형의 어떤 행동이 투쟁적인 친구들로부터 기회주의라고 비난받았을 때도 형은 몹시 괴로워했다.

나중에 그 친구들이 조합 이기주의라는 병폐에 빠지고 더욱이 출세를 위해 지방 의원에 입후보하는 것을 목격했을 때, 큰형은 절망에 빠졌다. 형이 우정이라는 말을 꺼내며 고민하던 것을 나는 뚜렷이 기억하고 있다.

형과 나의 차이점을 잘 말해 주는 예가 있다.

한국 전쟁 특수로 호황을 누리고 있었을 때, 우리 공장은 교각의 상판을 대량으로 주문받은 적이 있다. 비록 무기는 아니지만 그것이 한국 사람들을 죽이는 행위에 단 몇 퍼센트라도 도움을 주는 것은 분명한 일이었다.

나는 용접할 부분에 쇠부스러기를 넣어서 용접을 했다. 불량품을 만들어 미약하나마 저항하겠다는 생각이었는데, 그것을 저항이라고 여길 만큼 당시 내 정치 의식은 천박했다.

형은 전단을 뿌리지도 않았고 물리적인 저항도 하지 않았다. 조합에서 한국 문제를 공부하자고 제안했다가 거절당하자 지푸라기라도 붙잡는 심정이었는지, 같은 공장에서 일하는 재일 조선인과 가까워지려고 애썼다.

형은 고뇌하고 있었고, 고뇌를 이어갈 수 있는 용기도 있었다. 형은 인간으로서 마땅히 거부해야 할 일을 거부하지 못한 부끄러운 인간의 문제, 바로 자기 자신의 문제로서 한국 전쟁을 바라보고 있었던 것이다.

그때 나는 그런 형을 미온적이고 보수적인 인간이라고 생각했다. 그리고 돌이킬 수 없는 짓을 저지르고 말았다.

밤에 나란히 누웠을 때, 형이 문득 이렇게 말했다.

"인간이란 뭘까."

그것은 당시 내게는 꽤나 유치한 말이었다. 그래서 그런 표정을 지었다. 형은 한순간 슬픈 얼굴을 했지만 더 이상 아무 말도 하지 않고 고개를 돌렸다. 그때 나는 형을 죽였다.

오카모토 료코라는 열한 살 소녀의 죽음에 대해 말해 둔다.

9조의 핫키한테 오카모토가 죽었다는 말을 들었을 때, 나는 설마 했다. 핫키가 거짓말을 할 리가 없지만, 그래도 나는 안 믿었다. 조례가 끝나 교실로 들어가니까, 다들 "정말이야?" "거짓말 아냐?" 하고 말했다. 얼마 뒤 선생님이 들어오셨다. 오늘 선생님은 말도 별로 없고 얼굴도 창백했다. 그리고 책상 앞에 고개를 숙이고 앉아 있었다. 한참 뒤에 선생님이 일어났다. 선생님은 칠판에 커다란 글씨로 "오카모토가 죽었습니다. 슬퍼서 말을 할 수가 없습니다. 오늘은 조용히 공부해 주세요."라고 썼다. (중략) 마지막 선물을 관 속에 넣었다. 나는 오카모토의 손과 얼굴을 보았다. 꼭 마네킹 같았다. 나는 꽃을 넣었다. 두 번 넣었다. 우미즈는 울고 있었다. 나는 눈물을 꾹 참고 밖으로 나갔다. 어머니들도 "료코가 울고 있다."며 울었다. 영구차에 관을 실을때, 나는 끝내 울고 말았다. 야마다도 울었다. 교실에 돌아와서도 다네쓰구와 몇몇 아이들은 엉엉 울었다. 나가이도 엎드려서 울었다.

5년 시오노 요시오

오카모토 료코는 눈빛이 선하고 상냥한 아이였다. 쑥스러워하며 아래의 시를 내게 내밀던 모습이 어제 일처럼 선하게 떠오른다.

선생님의 구두

5년 오카모토 료코

교단 옆에
선생님의 구두가 있다
오른쪽 구두가
누워 있다
왼쪽은
똑바로
일으켜 주고 싶지만
수업중

이 열한 살 소녀는 가난과 싸우고 있었다. 혼신의 힘을 다해 살아가고 있었다.

나의 고민

우리 집은 아빠가 실업중입니다

아빠네 회사는

여름에 쉬고 겨울에 일하는 회사입니다

아빠는 임시직이라서

월급도 많지 않습니다

더구나 지금은 실업중이라 쌀값도 내지 못합니다

오빠 두 명이 일하고 있지만

작은오빠는 야간학교에 다니기 때문에

엄마한테 주는 돈이 얼마 안 됩니다

그래서 엄마는 고민입니다

그래도 엄마는 필요한 것은 사 주십니다

나는 되도록 아껴 쓰고 있습니다

어느 날 오카모토가 나한테 저금 통장을 들고 와서 400엔을 찾고 싶다고 했다. 통장에는 1,700엔이 들어 있었지만, 그것은 수학여행 적립금으로 도중에 찾을 수 없는 돈이었다.

까닭을 듣고, 나는 400엔을 찾는 데 동의했다. 오카모토는 환하게 웃더니 폴짝폴짝 뛰며 돌아갔다.

이튿날은 수업 참관일이었다. 교실 뒤쪽에 오카모토의 어머니도 서 있었다. 나는 오카모토를 보고 '잘했어.' 하는 얼굴로 웃어 주었다. 료코도 그 선한 눈매로 생긋 웃었다.

료코의 어머니는 새 원피스를 입고 있었다. 료코가 사 준 옷이었다. 그 물방울 무늬 원피스는 료코의 어머니한테 조금 화려하다 싶었지만, 료코와 료코의 어머니와 나에게는 더없이 아름다운 옷이었다.

그 옷은 열한 살 소녀의 진지한 삶 속에서 만들어진 아름다움의 결정체였다. 형이 남기고 간 나무 상자와 료코의 원피스를 생각하면 나는 눈물이 멈추지 않는다. 단 하나의 나무 상자와 단 하나의 원피스를 내 것으로 만들기 위해, 나는 살아가고 싶다.

아름다운 것이 생겨날 때, 거기에 아름다운 삶이 있다. 이별 저편에서 이 말이 들리는 듯하다.

뼈 이야기

   인간의 상냥함이나 낙천성이 통하지 않는 사회는 분명 어딘가 심각한 병을 앓고 있다. 인간의 죄 가운데 가장 큰 죄는 다른 사람의 상냥함이나 낙천성을 흙발로 짓밟는 일일 것이다.

   남창인 닷짱도, K를 찔러 죽인 도시봉도 한없이 밝았다. 그들의 상냥함이 어디에서 온 것인지 통찰하지 못한 나는 큰 죄를 지었다. 형의 죽음도 분명 그것과 깊은 관련이 있으리라.

   내가 낙천성의 진정한 의미를 알게 된 계기는 '뼈 이야기'이다. '뼈 이야기'를 쓴 다카하시 사토루는 다른 아이들과 마찬가지로 새로 산 가방을 메고 우리 반인 1학년 2반에 들어왔다. 다리를 조금 저는 것 말고는 여느 아이들과 전혀 달라 보이지 않았다. 발그레한 얼굴과 사내아이치고는 곧잘 시선을 떨구는 모습이 내 눈길을 끌었다. 뭘 물어보면 부끄러워하면서도 또랑또랑하게 대답했다.

   어른인 내게나 반 아이들에게나 똑같은 태도를 보였다. 그런 사토루를 보고 나는 마음이 놓였다.

사실 사토루는 큰 장애를 갖고 입학한 아이였다. 한 해 전, 유치원에서 돌아오다가 덤프 트럭에 치여 오른쪽 대퇴부를 절단한 것이다. 다리를 조금 저는 것은 의족을 달고 있기 때문이었다.

나중에 사토루는 그때 상황을 다음과 같은 시로 표현했다.

나의 다리

2년 다카하시 사토루

나는 유치원 때
트럭에 치였다
치였을 때 피가 막 나왔다
엄마가
"큰 소리로 울면
경찰 아저씨가 잡아간다."
고 해서 꾹 참았다
그리고 구급차에 실려
미야지 병원에 갔다
전기톱으로 다리를 잘랐다
마취를 했기 때문에
자른 것을 몰랐다
그리고 한밤중에 울었다
깨어나 보니까 깜깜해서

아빠랑 엄마밖에 보이지 않았다
나는 병원에서
만날 울기만 했다
퇴원하고는
텔레비전만 봤다
그리고 한참 있다가 뼈가 자랐다
나는 밤에
마음속으로 생각했다
'뼈야, 너는 나한테 다리가 있는 줄 알고 자라 주었구나.'

러시아의 시인이자 아동문학가였던 코르네이 추콥스키는 어린이 영혼의 뛰어난 특징, 곧 낙천주의를 이렇게 말한다.

"낙천주의는 어린이에게 공기와 같은 것이다. 흔히들 죽음의 관념은 이 낙천주의에 큰 타격을 준다고 생각한다. 그러나 어린이는 이러한 비탄으로부터 자신을 꿋꿋이 지킨다. 어린이 영혼의 무기고에는 자신에게 필요한 낙천주의를 지킬 수 있는 무기가 충분히 저장되어 있다. 어린이는 다섯 살쯤이면 생명이 있는 존재는 결코 죽음을 피할 수 없다는 사실을 깨닫기 시작하지만, 그 순간 자신만은 죽지 않을 거라고 스스로를 타이르려 한다."

만일 그렇다면, 다음에 소개하는 사토루의 글은 그 아이가 받은 정신적인 상처의 깊이와 절망을 나타내는 동시에 추콥스키의 말을 그대로 보여 주고 있는 것이 아닐까.

선생님. 나, 병원에 있을 때 밤이 되면 자꾸 죽는 생각이 나서 눈물이
나올 것 같았어요. 나, 죽는 게 너무 싫어서 항상 아빠한테 "죽으면 다
시 살아나?" 하고 물었어요. 아빠는 귀찮으니까 사실대로 말 안 해요.
다시 살아난다고만 해요. 엄마한테 물으니까 "다시 살아나지 않아."
하고 말했어요. 아빠는 다시 살아난다고 했다니까, 엄마는 "거짓말이
야. 사토루가 자꾸 물으니까 귀찮아서 다시 살아난다고 거짓말한 거
야." 하고 말했어요.
사실은 나, 퇴원하고 나서도 밤만 되면 눈물이 나올 것 같아 견딜 수
없었어요. 잊어버리려고 해도 잊어지지가 않아요.
선생님, 잊게 해 주세요.

자동차 지옥이 사토루의 낙천주의에 그늘을 드리운 것은 확실하
다. 그러나 사토루에게서 낙천주의를 빼앗았을까?
사토루는 일주일쯤 학교에 나오더니 그 뒤로 이따금 결석을 했고,
어느 순간부터 학교에 발을 딱 끊어 버렸다. 나는 사토루가 학교를
싫어하게 된 원인을 여러모로 생각해 보았다. 집에 찾아가 보기도 하
고 편지를 주고받기도 하고 사토루의 마음을 열기 위해 보통 교사가
할 수 있는 일은 모두 해 보았다.
친구들이 괴롭힌 것도 아니었다. 담임인 나를 싫어하는 것 같지도

않았다. 공부는 재미있다고 했다. 그런데 왜 학교에 나오지 않느냐고 물으면 그 순간부터 입을 꾹 다물어 버렸다.

부모가 부모의 얼굴로, 교사가 교사의 얼굴로 이유를 다그치는 세계가 사토루는 싫었으리라. 그런 세계에서 고독을 느꼈으리라. 나는 어떻게 해야 좋을지 막막했다.

5학년인 누나가 날마다 가져다 주는 사토루의 편지만이 나와 사토루를 이어주는 유일한 끈이었지만, 그것은 너무나 미덥지 못했다.

어느 날 나는 사토루의 편지를 읽고 있었다. 학교에 가는 대신 후카에의 바닷가에 혼자 놀러갔다고 쓰여 있었다. 그 모습을 상상해 보았다. 쓸쓸한 풍경이었다. 나는 문득 내 소년 시절이 떠올랐다. 그러자 그 풍경이 한결 선명해졌다. 파도 소리가 귓가에 들려왔다.

편지를 계속 읽었다. 게를 잡아서 빈 깡통에 넣었다고 했다. 그리고 그 다음 문장에 내 영혼은 얼어붙어 버렸다.

"…… 나는 다리가 잘려 나간 게만 잡아서 깡통에 넣었어요."

나는 그만 눈앞이 아득해졌다. 겨우 여섯 살 된 아이가 홀로 바닷가에서 다리가 잘려 나간 게를 친구 삼아 논다. 사토루에게 나는 어떤 존재였을까? 내가 무슨 선생님이란 말인가. 후회가 밀려왔다. 직업안정소 앞에 줄을 서 있는 내 모습과 사토루의 모습이 겹쳐졌다. 가슴에서 뜨거운 것이 복받쳐 올랐다.

나는 펜을 들고 한 자 한 자 정성껏 사토루에게 편지를 썼다. 그리고 편지 끝 부분에 뜨거운 마음으로 이렇게 썼다.

그래도 선생님은 사토루가 좋아. 의족을 달고 있어도 좋아. 의족을 달고 있기 때문에 다른 아이들보다 훨씬 더 좋아. 힘든 일이 있으면 편지해 줘.

내 편지를 읽고 사토루가 바로 학교에 나온 것은 아니었다. 나왔다가는 쉬고, 쉬다가는 다시 나오는 날들이 이어졌다. 그러나 사토루가 자기 자신과 싸우고 있다는 것을 나는 알 수 있었다.
어느 날 사토루는 다음과 같은 시를 썼다.

해바라기

선생님 나
해바라기 싹이 무럭무럭 자라서
꽃이 피고
자꾸자꾸 뻗어 올라
하늘까지 닿으면
구름 위에서 모험을 할 거예요
〈잭과 콩나무〉처럼

황금 알을 낳는 닭이 있으면

잡아 와서

황금 알을 낳게 할 거예요

그걸 돈으로 바꿔서

먹을 것이랑

장난감을 살 거예요

선생님 재미있죠?

선생님도 뭐 사 드릴까요?

사토루는 "선생님도 뭐 사 드릴까요?"라고 물었다. 아이의 마음속 어딘가에 내가 살고 있다고 생각하자, 나는 힘이 났다. 그 아이는 자기가 써 보낸 편지를 통해 내가 자기와 슬픔을 공유하고 있음을 무의식중에 알아차렸는지도 모른다.

학교를 결석하는 날이 조금씩 줄어들었다. 사토루는 원래 글쓰기를 좋아하는 아이였지만, 알고 보니 글쓰기에 강한 의욕을 가진 아이였다.

시나 글짓기 실력만 뛰어난 게 아니라 그림 솜씨도 아주 좋았다. 매우 독특한 그림을 그렸다. 사토루는 통통 튀는 듯한 표현력을 지니고 있었다. 놀랍게도 표현 하나 하나가 더없이 밝았다. 믿을 수 없는 일이었다. 섬세한 감수성과 유머로 가득한 작품이 잇달아 탄생했다.

온천

어제저녁에
치킨라면을 먹었더니
뱃속에
온천이 생긴 것 같다

거꾸로 나라

여기가 거꾸로 나라라면 재미있을 거야
부자가 가난뱅이고
돈 한 푼 없는 사람이 엄청난 부자야
도둑놈이 들어오면
"손 들어." 하지 않고
"발 들어." 해서
엉덩방아를 찧겠지
그리고 도둑놈이 돈을 줄 거야

감동적인 장면 하나가 떠오른다.
가을 운동회 때였다. 1학년 달리기 차례가 되었다. 나는 머뭇거리며 사토루한테 물었다.

"사토루, 달릴 거니?"

순간 사토루는 어리둥절한 얼굴로 나를 쳐다보았다.

나는 허둥지둥 말했다.

"그래, 그래. 힘껏 달리는 거야."

출발 소리가 울렸다. 꼬마 토끼들이 일제히 뛰어나갔다. 사토루는 달렸다. 똑바로 하늘을 바라보며……

의족이 삐걱거렸다. 뜨거운 숨결이 새어 나왔다. 사토루는 힘껏 달렸다. 사토루가 가까스로 반환점을 돌았을 때, 다른 아이들은 이미 결승점을 통과한 뒤였다.

넓은 운동장을 사토루 혼자 달리고 있었다. 운동회 특유의 요란한 음악이 흐르고 있었지만 마치 쥐죽은 듯 고요한 느낌이었다. 언제 넘어져서 울음을 터뜨릴까, 구경꾼들의 이런 생각 때문에 주위의 공기마저 차갑게 굳어 있었다.

사토루는 똑바로 앞을 보고 달렸다. 눈앞에 펼쳐진 푸른 하늘만 보고 달렸다. 있는 힘을 다해 달려갔다. 천진난만한 눈이었다.

구경꾼들은 어느새 그 눈 속으로 빨려 들어갔다. 구경꾼들의 조마조마하던 마음이 서서히 감동으로 바뀌었다.

사토루가 결승점에 다다랐을 때, 우레와 같은 박수가 터져 나왔다. 마치 돌풍처럼. 박수 소리는 언제까지나, 언제까지나 그칠 줄을 몰랐다.

그 우레와 같은 박수는 무엇이었을까? 사토루가 힘차게 달리는 것을 지켜보던 수천 명의 어린이와 구경꾼들은 그때 사토루와 같이 한쪽 다리를 잃고 의족으로 달렸다. 그렇지 않았다면 그토록 뜨거운 박수를 보낼 수 없었으리라.

마침내 사토루가 결승점에 뛰어들었다. 그리고 쑥스러운 듯 고개를 살짝 숙이고는 나를 보고 웃었다.

우리에게 벅찬 감동을 안겨 준 사토루가 다시 일어설 수 있었던 근원은 사토루가 지니고 있던 낙천성이었다. 그렇지 않다면 죽음을 응시하며 "선생님, 잊게 해 주세요."라는 어두운 글을 쓴 아이가 또 한편으로 '거꾸로 나라'처럼 더할 나위 없이 재미있는 글을 썼다는 사실을 어떻게 설명할 수 있단 말인가?

아이들은 상냥함이나 낙천성을, 인간을 변화시키는 힘으로 받아들인다. 적어도 그런 생각으로 살아간다. 분명 나와 사토루 사이에는 믿음이 있었다. 그랬기에 사토루는 자유롭고 느긋한 표현 세계를 내게 보여 주었다.

그렇다면 나는 사토루의 어떤 점을 믿었을까? '거꾸로 나라' 같은 재미있는 글을 쓰는 아이가 어둠의 세계에 갇혀 버릴 리가 없다는 생각 때문에 사토루를 믿었을까? 사토루를 동정만 했다면 그런 생각을 할 수 없었으리라.

사토루의 고독과 나의 고독이 겹쳐졌을 때, 비로소 인간적이며 대등한 공감대가 형성되었던 것이 아닐까?

내가 사토루의 슬픔을 조금이나마 나의 슬픔으로 받아들였을 때, 사토루는 내게 마음을 열어 주었다. 그리하여 '거꾸로 나라'와 같은 작품이 탄생되었고, 내 마음속에는 사토루라는 작은 거인이 풍요로운 한 인간으로 확고히 자리잡았다. 이것이야말로 함께 배우고 함께 성장하는 인간관계일 것이다.

그렇다면 남창 닷짱으로 대표되는 하층민이나 도시봉을 비롯한 노동자들이 베풀어 준 친절에 철저히 기대 살아온 나는 너무나 추한 인간이다. 이렇게 고백할 수밖에 없는 것이 뼈저리게 후회스럽다. 더없이 태평스러운 그들의 행동과 낙천성을 무지에서 비롯된 행동이라 여기고 남몰래 업신여겼던 나는 인간으로서 완전한 실격자다.

지금 나는 진정으로 인간을 사랑할 수 있는 사람은 낙천주의자라고 생각한다. 그리고 낙천주의자야말로 진정한 비판 정신의 소유자이다.

상징적인 이야기를 하겠다.

나는 교사가 되고 얼마 지나지 않아 전부터 동경하던 〈기린〉의 일을 조금씩 돕게 되었다. 부수를 늘리기 위해 수업을 마치면 고베 시내 초등학교를 돌아다니기도 했다.

어느 날 100부가량을 받아보던 한 학교에 잡지를 배달하러 갔더니, 나이 지긋한 담당 여교사가 이제 그만 보겠다고 했다. 이유를 물었더니, 아이들의 시 중에 방귀를 주제로 한 것이 있기 때문이란다.

나는 어처구니가 없었다.

참고로 그 작품을 소개하겠다.

엄마

1년 구리야마 도모코

커다란 엉덩이가

재미있는

커다란 방귀를

뀌었습니다

방귀

2년 시노 게이코

뿌웅

뽀웅

방귀를 뀌었습니다

그리고

나는

소꿉놀이를 했습니다

하나같이 구김살 없고 밝은 작품이다. 필요 없다는 책을 억지로 두고 올 수도 없었다. 돌아오기는 했지만 점점 화가 치밀었다.

"에이, 재수 없는 할망구!"

내가 이렇게 투덜거리고 있는데, 특별 활동을 마치고 돌아온 고잔 료코가 물었다.

"선생님, 왜 그래요?"

이유를 말하자, 그 아이는 태연하게 말했다.

"그럼, 더 좋은 시를 써 올게요."

이튿날 그 아이가 갖고 온 시는 다음과 같다.

방귀

3년 미쓰야마 요시코

내가 어른이라면

간호사가 되어

방귀만 뀌겠습니다

병원에서 진찰할 때도

방귀를 뀌겠습니다

환자가 꾹 참고 있으면

자꾸자꾸

방귀를 뀌겠습니다

결혼해서도 방귀를 뀌겠습니다

내가 낳은 아이한테도

방귀를 뀌게 하겠습니다

기쁠 때도

방귀를 뀌겠습니다

좋은 일이 있을 때도

방귀를 뀌어 축하하겠습니다

내가 좋은 일을 하고 죽으면

모두들 무덤에 와서

칭찬해 주겠죠

그때도

방귀를 뀌어서

사람들을 놀래 주겠습니다

하느님이 화를 내도

뽕뽕 방귀를 뀌어서

얼렁뚱땅 넘어가겠습니다

이 낙천성을 어떻게 설명하면 좋을까. 나는 이 시를 읽고 큰 소리로 웃으며 인간이 얼마나 강한 존재인지 새삼 느꼈다.

상냥함과 저항

아이들의 상냥함과 낙천성이 통하지 않는 사회에서는 부모나 교사가 아이들의 슬픔을 함께 나눌 때만이 아이들의 내면 깊이 숨어 있는 것을 이끌어 낼 수 있지 않을까.

생각해 보면, 아이들의 가능성을 최대한 이끌어 낼 수 있던 때는 이런 생각으로 아이들과 마주했을 때이다.

무라이 야스코의 '껌 하나'도 그때 만들어졌고, 다카하시 사토루의 낙천성이 되살아난 것 역시 이것과 무관하지 않다.

내 친구이자 교사인 가지마 가즈오 씨도 같은 체험을 했다. 얼마 전 나는 가지마 가즈오 씨의 반 아이가 쓴 글을 읽고 충격을 받았다.

학교 갔다 오니까

아무도 없었다

새아빠도

우리 엄마도 형도

그리고 아기도
모두 집을 나가 버렸다
아기 기저귀도 없고
엄마 옷도 없고
집 안에 짐이 하나도 없다
나만 남겨 두고 이사를 가 버렸다
나만 남겨 두고

밤에 할머니가 돌아왔다
할아버지도 돌아왔다
엄마가
"다카시만 두고 간다."
고 할머니한테 말하고 갔단다
엄마가 복지(복지사무소)에서 나온 돈을
모두 들고 가 버렸다
그래서 내 급식비를
내지 못한다고
할머니가 울었다
할아버지도 화를 냈다

새아빠는

나를 싫어한다
한번도 귀여워해 주지 않았다
형만 닭튀김집에 데려가
닭튀김을 사 줬다
나는 데려가지 않았다

나는 아기랑 잘 놀았다
안아 주기도 했다
업어 주기도 했다
내 얼굴을 보면
금방 방긋거렸다
축제 때 노점에서 산 장난감을
보여 주니까 자꾸 달라고 했다
손에 쥐어 주니까 입에 넣었다
안 된다고 도로 뺏으니까
와앙 하고 울었다
어제
점심 값으로 받은 100엔을 들고
고베 백화점까지 걸어갔다
빵을 사지 않고
강철 지그 모형을 샀다

배가 고팠지만

나중에 아기가 돌아오면

이 장난감을 줄 거다

손에 쥐고 걷게 해 줄 테니까

빨리 돌아와

빨리 돌아왔으면 좋겠다

아오야마 다카시

부모에게 버림받았다는 사실은 여섯 살짜리 어린아이에게 상상도 할 수 없는 절망이리라. 그 절망 속에서도 상냥함을 잃지 않는 이 아름다운 인간 앞에서 나는 할 말을 잃었다.

그나마 다행인 것은, 아오야마 다카시에게는 자신의 생각을 죄다 쏟아 낼 수 있는 선생님이 있었다는 점이다. 그 선생님인 가지마 가즈오 씨 역시 가난하게 자랐다. 집이 너무 가난해서 초등학교 때는 친구가 집에 놀러 오는 것조차 부끄러웠다고 한다.

어느 날 담임 선생님이 가정 방문을 오게 되었다. 가지마의 어머니는 쪼들리는 살림에도 단팥묵을 사서 차와 함께 담임 앞에 내놓았다. 하지만 담임은 단팥묵에 손을 대지 않았다. 가지마의 어머니는 단팥묵을 종이에 싸서 담임 손에 들려 주었다. 담임은 집을 나서자 인기척이 없는 것을 확인하고 단팥묵을 길바닥에 버렸다.

소년 가지마는 숨어서 담임의 행동을 지켜보았다. 그리고 단팥묵을 주워서 돌아갔다. 가지마의 어머니는 단팥묵을 받더니 바닥에 힘껏 내동댕이쳤다.

"단팥묵이 먹고 싶었지만, 그 단팥묵만은 먹고 싶지 않았다."

가지마 씨는 이렇게 말한다.

교사에게 깊은 상처를 받았던 가지마 씨가 아오야마 다카시의 절망과 슬픔을 어떻게 받아들였을지 충분히 상상할 수 있다. 여기서도 고독과 고독이 서로 마주함으로써 하나의 작품이 탄생되었다.

가슴 아픈 이야기는 계속된다. 부모에게 버림받은 아오야마 다카시는 파란색 샌들 한 켤레를 아주 소중히 아꼈다. 엄마가 사 준 유일한 물건이었다. 그 샌들에서 엄마의 온기를 느끼고 있었으리라.

어느 가을날, 가지마 씨네 반은 무코 강으로 소풍을 갔다. '강의 돌'이라는 단원을 공부하기 위해 아이들은 저마다 샌들을 신고 강에 들어갔다.

비명 소리가 들린다. 한 여자아이의 빨간색 샌들이 떠내려간다. 아오야마 다카시가 그 샌들을 쫓는다. 나무 뿌리에 걸린 빨간 샌들을 잡는다. 그때 아오야마 다카시의 몸이 기우뚱 흔들린다. 아오야마 다카시는 빨간 샌들을 들고 허둥지둥 기슭으로 가서 여자아이의 품에 샌들을 안겨 주고는 다시 강에 들어간다.

그제야 가지마 씨는 깨닫는다.

아이의 몸이 기우뚱하는 순간 그 소중한 파란 샌들이 벗겨진 것이다. 파란 샌들은 저 멀리로 흘러간다.

가지마 씨가 소리친다.

간발의 차이로 샌들은 댐 아래로 떨어졌다.

"엄마가 사 준 샌들이 떨어졌어! 아무도 내 샌들을 안 건져 줬어!"

아오야마 다카시는 울며 소리쳤다.

가지마 씨는 어떤 심정으로 아이의 절규를 들었을까. 나도 가슴이 찢어지는 듯하다.

나는 인간의 상냥함과 마주하지 않고 거기에 기대려고만 했던 내 반생을 생각한다. 다카시의 절규는 죽은 큰형의 목소리는 아니었을까. 닷짱과 도시봉의 목소리는 아니었을까. 상냥함의 의미를 알려하지 않았던 죄가 지금 이렇게 천천히 나를 죄어 온다.

상냥함의 문제를 이야기할 때 잊을 수 없는 아이가 있다.

"선생님은 왜 나를 예뻐해 주세요?"

라는 말을

"선생님은 외 나 에뻐주세요?"

라고밖에 쓰지 못하는 아이.

이 아이는 5학년으로, 이름은 사사오 스스무였다. 스스무는 머리 가운데 부분이 움푹 꺼져 있다. 흰자위를 잔뜩 드러내고 사람을 쳐다 본다. 그런 눈으로 쳐다보면 나조차 한순간 주뼛거릴 정도였다.

"선생님은 외 나 에뻐주세요?"라는 글은 교사들이 그 아이를 차별 했다는 구체적인 증거였다.

나는 그 아이와 편지를 주고받기 시작했다. 사사오 스스무는 교문이 열리기만 기다렸다는 듯이 이른 아침에 등교해, 나를 보자마자 편지가 적힌 공책을 내밀었다. 나는 수업 시작 한 시간 전에 교실에 들어가는데도 그 아이는 항상 먼저 와 있었다.

"어, 일찍 왔구나."

내가 말하면, 아이는 쑥스러운 듯 몸을 배배 꼬며 웃었다. 그 아이의 편지는 거의 해독할 수 없었다. 지렁이가 꼬물거리는 듯한 글씨가 불규칙적으로 나열되어 있을 뿐이었다. 아마 그 아이는 저녁 식사 이야기를 하고 있는데 나는 날씨 이야기를 하는 격이었으리라. 그래도 그 아이는 편지 주고받기를 진심으로 좋아했다. 편지가 적힌 공책을 내미는 표정에서 그것을 알 수 있었다.

뜻을 알 수 없는 글이었지만, 그 아이가 써 오는 글은 점점 길어졌다. 그러던 어느 날 나는 돌이킬 수 없는 짓을 하고 말았다.

"이만큼 쓸 수 있다면 좀 더 알아볼 수 있게 써 봐."

한순간 그 아이는 믿기지 않는다는 얼굴을 했다. 입을 딱 벌리고 나를 쳐다보았다. 그 아이는 내 말의 의미를 되새겼다.

아이의 눈빛이 달라졌다.

"필요 없어!"

날카로운 소리와 동시에 공책이 내 얼굴로 날아왔다.

나는 가슴이 덜컥했다. 아뿔싸 싶었다. 하지만 이미 늦은 뒤였다. 내가 아무리 사과를 해도 그 아이는 나를 용서하지 않았다. 당연한 일이다.

'좀 더 알아볼 수 있게 써 봐'라니, 얼마나 냉정한 말인가. 좀 더 알아볼 수 있게 쓰고 싶어서, 그 아이는 날마다 그 힘든 일을 하고 있었다. 좀 더 알아볼 수 있도록 쓰게 하는 것은 교사인 내 몫이었다.

이때 사사오 스스무의 기분은 어땠을까.

'너 역시 똑같은 인간이구나.'

그런 기분이었으리라.

지금까지 그 아이를 맡았던 교사들처럼 내가 처음부터 이해심 없는 인간으로 행동했다면, 그 아이는 교사에게 반항함으로써 영혼에 깊은 상처를 입는 일만은 피할 수 있었을지 모른다.

그 아이가 눈을 치뜨는 것은 그 아이의 의지이다. 자신을 차별하는 인간에 대한 그 아이의 저항이다. 나는 그 아이의 뒤통수를 치는 가장 비열한 짓을 저질렀다. 마음의 문을 열게 해 놓고 등 뒤에서 비수를 꽂았다. 교사가 그런 짓을 하고 말았다.

내가 그런 말을 내뱉은 것은 교사로서 부주의했기 때문이 아니다. 그것이 바로 내 본질이자 정체이다.

나는 그때 두려움에 떨었다. 그 아이에게 사과했다. 다음 날도 사과했다. 그 다음 날도, 그 다음 날도……

열흘쯤 계속 사과하자 아이는 겨우 나를 용서해 주었다. 그것이 그 아이의 상냥함이리라.

얼마간 공백은 있었지만, 아이는 다시 날마다 글을 썼다. 그리고 가을에는 다음과 같은 글을 써 왔다. 그것은 한 편의 시였다.

지금은 태풍이 한창

5년 사사오 스스무

지금은 태풍이 한창
나는 태풍이 진짜 좋다
남자다우니까
선생님도 틀림없이 태풍이 좋다
풍속 40미터면 어때?
갑자기 편지를 쓰고 싶어졌다
정전이라서
촛불을 켜고 쓴다
지금쯤 선생님은 뭐 할까?

나는 17년 동안 교사 생활을 했다. 당연한 말이지만 수많은 아이들과 만나고 헤어졌다. 하지만 정전 중에 촛불을 밝히면서까지 내게 편지를 써 준 아이는 사사오 스스무뿐이다.

사사오 스스무는 반항이라는 행동으로 자신의 내면 깊이 간직한 인간성과 상냥함을 끝까지 지켜 냈다. 그 아이의 상냥함을 보려 하지 않았던 교사들, 그 아이의 상냥함에 상처를 준 나. 그로 인해 우리는 지옥에 떨어졌다.

나는 그 아이를 통해 저항의 의미를 배웠다. "절망과 맞부딪쳐 이겨 내지 않고서는 진정한 상냥함을 지닐 수 없다."는 노(老) 철학자 하야시 다케지 씨의 말이 지금 이 순간 선명하게 되살아난다. 그 말이 내 가슴을 찌른다.

새삼 나는 생각한다. 나는 지금껏 나를 길러 준 상냥한 사람들의 고독과 절망을 먹으며 살아왔다고.

상냥함은 정서의 세계에 있는 것이 아니라 자신을 변화시키고 타인까지도 변화시키는 힘으로 존재한다는 사실을 가르쳐 준 것은 아이들이었다.

구보 치아키라는 중증 정신장애아가 우리 반에 들어온 것은 5월 말이었다. 치아키는 장애인 학교에 들어가기 전 석 달을 우리와 함께 지냈다.

갓 입학해 글씨도 잘 쓰지 못하는 1학년들이 치아키를 묘사한다.

"치아키는 아무것도 안 합니다. 에레레레, 어버버버라는 말만 합니다." (미야키타 지로)

"치아키는 손으로 급식을 먹는다. 말릴 수가 없다. 치아키는 병에 걸려서 바보가 되었기 때문에 제멋대로 군다. 급식 시간에 남의 것을 먹는다. 선생님을 고생만 시킨다." (쓰다 마사토시)

"치아키의 말은 잘 알아들을 수가 없어서 힘듭니다. 공부 시간에도 자꾸 미끄럼을 타서 힘듭니다. 치아키가 자꾸 도망쳐서 쫓아가느라 땀이 납니다. 자꾸 쫓아가면 넘어져서 울기 때문에 힘듭니다. 안 쫓아가면 종이 울려도 모르고 교실에 들어오지 않아서 모두가 걱정하니까 우리는 꾹 참고 치아키 옆에 있습니다." (구니토모 후사요)

아이들이 처음부터 치아키를 돌봐 준 것은 아니다. 자기들과 다른 치아키에게 보이는 호기심이 때론 치아키를 괴롭히는 형태로 나타나기도 했다.

처음 한동안 아이들의 공통적인 고민은 어떻게 하면 치아키한테 피해(?)를 입지 않을 것인가 또는 피해를 막을 것인가였다. 책상 한복판에 책받침을 세워 칸막이를 만드는 아이가 있었다. 늘 다 쓴 공책을 갖고 다니다가 치아키가 장난을 시작하면 곧바로 그 공책을 내미는 지혜로운 아이도 있었다.

한 사람 한 사람이 따로따로 대처해서는 도저히 감당할 수 없다고 깨닫자, 아이들은 다같이 의논해서 '치아키 당번'을 만들었다. 당번이 된 아이가 치아키를 돌보는 동안 나머지 아이들이 공부를 하는 것이다.

아이들의 행동은 많이 달라졌지만, 돌봐 주는 쪽과 돌봐지는 쪽이라는 관계는 조금도 달라지지 않았다. 그 관계에 변화가 생긴 것은 '치아키 당번'이 시작되고 아이들이 호된 시련을 겪은 뒤였다.

치아키가 연못의 금붕어를 잡으려다가 연못에 빠진다. 치아키를 돕기 위해 당번도 연못으로 들어간다.

녹슨 미끄럼틀을 끝도 없이 타다 보니 치아키의 팬티가 찢어지고 이어서 당번의 팬티에도 구멍이 난다. 치아키 당번은 울먹이면서도 계속 미끄럼을 탄다. 이런 일이 잇따라 벌어진다.

이만저만 고생이 아니었으련만 당번을 그만두는 아이는 하나도 없었다. 당번을 하는 동안 줄곧 우는 아이도 있었다. 하지만 친구를 버린 아이는 한 명도 없었다.

치아키와 함께 지내고 있다는 실감이 치아키도 같은 인간이라는 의식으로 바뀌어 간다.

"나는 치아키한테 화내지 않는다. 급식 시간에 치아키가 내 밥을 먹었다. 그래도 나는 화내지 않았다. 새로 산 책을 찢었다. 그래도 화내지 않았다. 공부 시간에 치아키가 내 필통이랑 지우개랑 책받침을 빼앗아 갔지만, 나는 치아키랑 기차 놀이를 하고 놀았다. 화를 내지 않으니까 치아키가 좋아졌다." (모쿠타 준이치)

언젠가 치아키가 감기에 걸려 결석한 적이 있다. 아이들은 몹시 걱정을 했고, 몇몇 아이는 치아키네 집까지 찾아갔다. 아이들의 우정은 치아키를 자기들과 대등한 인간으로, 함께 공부하는 학생으로 변화시킨다.

어느 날, 치아키가 여느 때처럼 짝꿍의 급식을 손으로 집었다. 앞에 있던 시오타 게이코라는 아이가 "안 돼." 하고 치아키의 손등을 찰싹 때렸다. 주위에 있던 아이들이 시오타 게이코를 나무랐다.

그러자 시오타 게이코가 정색을 하고 말했다.

"치아키도 배울 건 배워야지 의젓한 사람이 될 거 아냐."

이때부터 '돌봐 준다 – 돌봐진다'의 관계가 허물어진다.

"치아키가 말썽을 부리면 다 같이 주의를 주는 게 좋다고 생각합니다. 다들 치아키를 좋아하죠? 그렇다고 치아키가 무엇을 하든 다 받아 주는 것은 잘못이라고 생각합니다. 여러분은 제 생각과 다른가요?" (데라사카 구니오)

"치아키, 연습하지 않으면 영영 병이 낫지 않을 거야. 나쁜 행동을 고치지 않으면 우리는 괜찮지만 치아키가 똑똑해지지 않잖아. 내 생각인데, 치아키도 공부를 하면 똑똑해질 것 같아. 선생님은 어떻게 생각하세요?" (야마모토 사키코)

아이들은 급식을 나를 때 쓰는 수레를 고쳐서 치아키 전용 자동차를 만들었다. 치아키는 노란 우산을 쓰고 신이 나서 그 차를 탄다.

데굴데굴데굴
데굴데굴데굴

모두 함께 수레를 밀고 교실 안을 돌아다녔다. 아름다운 광경이다. 그 1만 분의 1이라도 좋으니, 내 속에 이런 광경을 담고 싶었다.

희망으로 가는 길

아이들의 '삶'에 '도망'이라는 말은 없다. 교사로서 아이들과 함께 지내며 아이들의 훌륭함에 감동하면서도, 그것이 나 자신을 영구히 괴롭히는 칼이 될 것이라는 사실 앞에서 나는 두려움에 떨었다. 어린이 시의 고전으로 일컬어지는 작품이 있다.

눈

이시이 도시오

눈이 펑펑 옵니다
사람은
그 밑에서 살고 있습니다

-《메아리 학교》 중에서

얼마나 따뜻한 세계인가. 심지어 철학적이지 않은가. 나는 이 세계에서 도망쳤다. 그리고 한 인간을 죽였다.

점심 먹을 돈으로 어린 동생에게 줄 장난감을 사고 부모님이 빨리 돌아오기를 기다리던 아오야마 다카시, 수많은 시행착오를 겪으며 정신장애아인 치아키와 함께 성장하던 1학년들, 이 아이들은 결코 친구를 버리지 않았다.

내 애독서 중에 하세가와 슈헤이 씨의 《하세가와는 싫어》라는 그림책이 있다.

나는 하세가와가 싫다. 하세가와는 재미없다. 뭘 해도 서툴고 볼품이 없다. 코는 줄줄, 이는 흔들흔들, 팔다리는 휘청휘청, 눈은 어디를 보고 있는지 알 수가 없다.

비소가 든 모리나가 회사의 우유를 먹은 탓에 선천적으로 몸이 약한 소년을 둘러싼 이야기이다.

선생님이 "하세가와는 몸이 약하니까 잘 돌봐 줘라." 하고 말했다.
나는 잠자리를 잡아 주었다.
하세가와는 "잠자리, 필요 없어." 하고 말했다.
"왜?"
"벌레는 싫어."
"너, 계집애 같구나."
그러니까 하세가와가 울었다. 나는 화가 나서 "울지 마." 하고 때렸다.

초등학교에 들어가 하세가와는 피아노를 배우기 시작한다.

하세가와는 피아노를 잘 못 치지만 피아노 칠 때가 가장 즐거운 것 같다. 진짜 여자 같다.

"그 애는 싸움을 해도 늘 지고 울기만 하니까 피아노 솜씨로 이길 거라며 연습하는 거란다." 하고 아줌마가 말했다. 아줌마 말은 잘 못 알아듣겠다.

아이들은 어른들이 왜 아이들에게 비소 같은 독이 든 우유를 먹였는지 이해하지 못한다.

"아줌마 말은 잘 못 알아듣겠어요. 왜 그런 우유를 먹인 거예요? 아줌마 말은 잘 못 알아듣겠어요."
"그렇지? 아무튼 그 아이와 사이좋게 지내렴."
그렇게 말하고 아줌마는 사탕을 주셨다. 그래서 산에도 같이 갈 마음이 생겼다.

야구에 끼워 줘도 매번 삼진만 당하는 하세가와. "저러니 무슨 수로 이겨? 어휴, 화나." 하면서 아이들은 기도한다.

"하세가와, 좀 더 빨리 뛰어 봐. 하세가와, 울지 마. 하세가와, 웃어

봐. 하세가와, 살 좀 더 쪄. 하세가와, 밥 좀 많이 먹어. 하세가와, 괜찮아? 하세가와?"

아이들은 철봉에서 떨어져 우는 하세가와를 업고 집으로 간다. "하세가와는 싫어. 너무너무너무, 너무 싫어." 하고 말하면서.

하세가와 슈헤이 씨의 체험이 짙게 녹아 있는 이 그림책은 우리가 가진 상냥함의 개념을 훌륭하게 뒤집는다. 그래서 내게는 고통스러운 책이다.

몇 년 전, 나는 한 라디오 방송국 일을 도운 적이 있다. 그때 고베 빈민가 아이들의 생활을 취재했다(그 일 자체는 내 친구가 했지만).

그 아이들의 목표는 조직 폭력배가 되는 것이었다. 초등학생이지만 눈부신(?) 악행을 저지른다. 아이들은 조직 폭력배들처럼 조직을 꾸리고 있었다. 더구나 종이로 배지를 만들어 자랑스레 가슴에 달고 다녔다.

아이들은 가게에서 물건을 훔칠 때면 항상 티격태격했다. 신체 발달과 지능 발달이 느린 한 아이 때문이다. 그 소년을 데려가면 붙잡힐 확률이 높아진다.

"지금까지 그것 때문에 얼마나 고생이 많았냐? 냉정하게 생각해 봐."

이런 말싸움이 지루하게 이어진다. 하지만 결국은 그 아이를 데리고 간다. 말싸움이 시작되면 그 아이가 슬픈 표정을 한다. 그 표정에 지고 마는 것이다.

그 패거리는 한 번도 그 아이를 따돌린 적이 없다. 나는 그 점에 깊은 감동을 받았다. 아이들의 상냥함이란 대체 어떤 것일까. 모든 인간을 또는 모든 생명을 대등하게 보는 것일까? 아이들은 존재하는 모든 것은 평등하다는 말을 일상에서 실천하며 살아간다. 나는 그렇게 생각한다.

고미야마 료헤이 씨가 러시아의 시인 추콥스키에게 바친 글이 있다. 그 속에 더없이 훌륭한 어린이관이 담겨 있다.

당신은 무엇보다 우선 완전하고 훌륭한 인간이 실제로 존재한다는 것을 전제했습니다. 미래상으로서 이념적인 인간이 아니라 우리가 낳고, 우리 손으로 품에 안고, 우리 눈으로 황홀히 바라볼 수 있는 인간을 통찰하는 일에 당신의 전 생애를 걸었습니다.

어린이, 그들은 당신에게는 단순히 미숙한 존재가 아닙니다. 가장 완벽한 창조물이며, 손상되어서는 안 되는 인류의 원형이었습니다.

어린이는 결코 쓸모없는 존재이거나 귀여운 애완동물이 아니라, 인간의 일생에서 가장 풍요롭고 의미 깊은 노동을 하는 지적 노동자이자 인류의 창조성을 보장하는 원동력입니다. 어린이는 낙천적이고 진취적이고 자유로운 존재이며, 바라보는 것만으로 우리 마음에 평화를 깃들게 하는 사상가입니다. 이런 어린이들에게는 가르칠 것보다 배울 것이 많다는 점을 당신은 항상 지적했습니다.

본질적으로 어린이는 이런 존재다. 어린이의 본모습이 통하지 않는 것은 사회의 잘못이다.

사람들은 마리코를 장애아라고 부른다. 마리코는 근육이 서서히 마비되는 병을 앓고 있어서 표정조차 읽기 어렵다. 웃고 있어도 화를 내도 전혀 알 수가 없다. 함께 그림을 그린다. 함께 만들기를 한다. 마리코는 크레파스를 제대로 쥐지 못한다. 가위질을 하지 못한다.

정말 답답하겠다고, 나는 생각한다.

길을 걷는다. 온몸으로 격렬한 춤을 추듯이 걷는다. 겨우 몇 백 미터를 걷는 데에 지루할 만큼 오랜 시간이 걸린다.

속이 터지겠다고, 우리는 생각한다. 그래서 누군가 생각없이

"저런 애는 무슨 낙으로 살까?"

하고 빈정거리면, 심한 말이라고 생각하면서도 그 사람을 비난하기 힘들다.

나는 마리코와 겨우 몇 달, 그것도 극히 짧은 시간을 함께 보냈을 뿐이다. 그런데도 나는 몹시 긴장했다. 격심한 노동을 했다. 하지만 이것이야말로 미약하나마 내가 마리코와 고통을 함께 나누고 있었음을 의미하지 않을까?

나는 조금씩 마리코의 생활이 보이기 시작한다. 예를 들어, 아침에 집에서 몇백 미터 떨어진 스쿨버스 정류장까지 가는 길을 좇아가 보는 것만으로 충분하다. 그러면 마리코가 얼마나 많은 생물과 친구

인지 알 수 있다.

도시락 가게 고양이한테 아침 인사를 한다. 과식을 해서 몸이 산성화되어 버린 고양이는 속이 좋지 않다. 이런 고양이에게 조릿대 잎이 좋다는 사실을 마리코는 알고 있다.

마리코가 한숨을 돌린다. 운이 좋으면 나뭇잎에 앉아 쉬던 벌이 몸속에 있는 여분의 수분을 입 밖으로 내보내는 모습을 볼 수도 있다. 벌이 만든 그 작은 물방울은 아침해를 받아 더없이 아름답게 빛난다. 마리코는 그것을 '벌의 비눗방울'이라고 부른다.

채송화에게도 아침 인사를 한다.

"안녕?"

하고 마리코가 수술 하나를 살짝 건드린다. 그러면 손이 닿지 않은 다른 수술까지 마리코 쪽으로 기울어지며 인사를 한다. 마리코는 채송화의 그런 습성을 훤히 알고 있다.

언어 장애를 앓고 있는 마리코의 '안녕?'은 다른 사람들 귀에는 '안녕?'으로 들리지 않는다. 그러나 나는 마리코의 아침 인사에서 넘치는 생명력을 느낀다. 말이 되지 못하는 말 속에 상냥함이 깃들어 있음을 알 수 있다.

마리코는 겨우 몇백 미터를 걷는 동안에 수많은 생명을 발견하고 그 생명과 기쁨을 나눈다.

그런 아이에게 우리는

"저런 애는 무슨 낙으로 살까?"

하고 말함으로써 스스로 비인간적인 사람이 되는 것이다.

속도를 정복한 우리는 그 대신에 잃은 것이 한두 가지가 아니다.

"저런 애는 무슨 낙으로……."라는 말은 그대로 마리코가 우리에게 던지는 말이다.

어느 날, 나는 중요한 사실을 알게 된다. 마리코를 실내 수영장에 데리고 갔을 때이다. 나는 너무 위험하다고 꺼리는 부모님을 설득해서 마리코를 업고 수영장에 갔다.

수영복으로 갈아입혀 물 속에 넣어 주자, 마리코는 매우 기뻐하며 팔다리를 움직였다. 의외였다. 이런 아이는 물을 무서워할 거라고만 생각했다. 예상이 빗나가 한동안 멍했지만, 마리코의 기쁨이 내게도 전해져 가슴이 뜨거웠다.

나는 마리코의 몸을 떠받치며 수영장 끝에서 끝까지 나아갔다. 얼굴에 물이 튀자, 마리코는 한순간 숨을 멈추더니 맛있는 것이라도 먹은 것처럼 푸아아 하고 만족스러운 숨을 토해 냈다. 25미터를 나아가, 수영장 가장자리에 손을 짚은 마리코가 뒤돌아보고 웃었다. 너무나 아름다운 마리코의 웃는 얼굴이 나를 올려다보고 있었다. 믿을 수 없는 일이었다. 마리코가 웃는다. 마리코가 웃고 있다.

나는 뜨거운 감동이 복받쳤다. 그 순간 어떤 사실을 깨닫고 깜짝 놀랐다. 나는 방금 마리코의 웃는 얼굴이 웃는 얼굴로 보였다. 그러나 마리코를 모르는 사람들은 마리코의 웃는 얼굴이 웃는 얼굴로 보이지 않았을 것이다. 얼마 전까지 내가 그랬듯이.

나는 겨우 석 달가량 마리코와 함께 지냈을 뿐이다. 물론 그 석 달은 결코 녹록지 않았다. 마리코와 함께하려면 마리코와 고통을 나누려는 자세가 필요하다. 마리코의 슬픔을 함께 나눌 때에만 마리코에게 다가갈 수 있다.

마리코와 나의 관계를 죽은 형과 나의 관계로 바꿔 본다. 닷짱이나 도시봉과의 관계로 바꿔 본다. 마리코의 웃는 얼굴과 형의 웃는 얼굴이 겹쳐진다. 그리고 닷짱과 도시봉의 웃는 얼굴이······.

그들의 웃는 얼굴을 보기 위해 나는 끊임없이 앞으로 나아가야 했다.

오키나와의 하늘

"봐라, 후쨩. 아빠가 말한 대로지. 저쪽 색깔은 유리색이지? 그리고
쪽 섬을 한 바퀴 둘러싼 것처럼 비취색이 퍼져 있고, 산호초가 솟아오
른 곳만은 비파색이야."

"아빠, 그 색에 빠져 들 것 같아."

"하하하……. 한 번 빠져 들어 보렴."

(중략)

"아빠 손, 참 포근하네."

"그래, 이 섬에 사는 것들은 모두 모두 마음씨가 따스하니까 아빠 손
도 어느새 포근해진 거지. 후쨩, 네 손도 바람처럼 보드랍고 다정하구
나."

"아빠 눈, 진짜 곱네."

"이 섬의 하늘과 바다는 지구의 눈이야. 그러니까 아빠의 눈도 곱지.
후쨩의 눈도 참 곱다."

"진짜, 아빠?"

"진짜, 진짜."

— 《태양의 아이》 중에서

나는 오키나와의 바다에 있었다.

'육지에서 멀리 떨어진 섬 생활의 불편'이라는 뜻을 가진 사키 섬 부근의 하늘은 무서우리만큼 푸르렀다. 예쁜 담홍색 갯메꽃을 등지고 멍하니 하늘을 바라보고 있으려니까 정말로 그 속에 빨려 들어 녹아 버릴 것 같았다. 나는 이대로 '생'이 끝났으면 좋겠다는 불손한 생각을 했다.

"학교를 그만둡니다. 앞으로 그냥 평범한 아저씨로 살렵니다. 잘들 지내세요."

그렇게 말하고 나는 학교를 그만두었다.

나중에 들은 얘기지만, 그때 아이들은

"그런 끔찍한……."

하고 소리쳤다고 한다.

그런 끔찍한……. 얼마나 직선적이고 감각적인 말인가. 나는 이 말에서 아이들의 따스한 사랑을 느낀다. 아이들은 자기들을 배신한 나에게 끝까지 상냥했다.

그 무렵 나는 2년에 가까운 방랑 생활로 가진 돈을 죄다 써 버렸다. 숙박비를 아끼려고 폐가에서 밤을 보낸 적이 있다. 남쪽이라고는 해도 초봄의 밤 추위는 만만치 않다. 콧물인지 눈물인지로 얼굴이 범벅이 된다. 나는 벌레처럼 웅크리고 누웠다.

　품삯이 싸긴 해도 파인애플 가공 공장이라면 일자리가 있을 거라고 해서 찾아갔다. 일당이 2,000엔인데 그래도 괜찮다면 일하라고 했다. 당시 이시가키 섬의 하루치 민박 요금이 1,800엔이었다. 민박 요금을 내고 200엔이 남았다. 마침 오키나와 특산 소주인 시라유리 2홉들이가 200엔이었다.

　"하겠습니다."

하고 나는 말했다.

　작업은 끔찍할 만큼 단조로웠다. 말이 파인애플 껍질 벗기기였지 실제로 그 작업은 기계가 했기 때문에, 내가 할 일은 이쪽 벨트컨베이어 위를 구르는 벌거벗은 파인애플을 저쪽 컨베이어로 옮기는 것 뿐이었다. 익숙하지 않을 거라 생각하고 이런 일을 맡겼겠지만 내게는 오히려 고역이었다.

　트럭에 실린 파인애플(내가 일하던 무렵에는 이시가키 섬에서 재배한 것이 아니라 타이완에서 수입한 파인애플을 썼다)이 도착하면 나는 늘 가장 먼저 뛰어나가 힘쓰는 일을 떠맡았다.

　"젊은이, 일을 잘하는구먼."

하고 아주머니들이 말했다.

　공장에는 젊은 사람이 거의 없었다. 남자도 매우 적어서, 뭍에서 일하러 온 학생 둘을 제외하면 서른일곱인 내가 젊은 축에 낄 정도였다. 아주머니들은 쾌활했다. 늘 호탕하게 웃었고 짬이 나면 수다를 즐겼다. 낙천적인 그들을 보고 있으면 어쩐지 나와는 다른 세계 사람들처럼 느껴졌다.

"하이타니 씨는 몇 살이에요?"

"서른일곱입니다."

"서른일곱이나 된 사람이 떠돌이 생활을 오래 하면 못쓰지."

"네."

"성실하게 살 마음이 있으면, 내가 좋은 아가씨 소개해 줄게요."

"……."

그 무렵, 내게도 아내는 있었다.

"하이타니 씨, 어디 몸이라도 불편해요?"

"아닙니다."

그러고는 나는 그 지방 사투리를 흉내내어 말했다.

"고추, 벌떡 섭니다."

다들 와하하 웃었다. 내 등을 때리기도 하고 몸을 부딪기도 하며 배꼽을 잡고 웃었다. 그런 선량한 사람들에게 엄청난 인생이 숨겨져 있다는 것을 나는 나중에야 알았다.

이 사람들은 점심시간이면 공장을 빠져나가 바다로 가는 나를 걱정하는 듯했다.

고백할 것이 있다. 1962년 나는 〈신초〉(일본의 문예잡지 - 옮긴이)에 '웃음의 그늘'이라는 소설을 발표했다. 중학생의 비행을 다룬 단편이었다.

나는 이 단편으로 부락해방동맹(신분적·사회적으로 심한 차별을 받고 있는 사람들에 대한 차별 철폐를 목적으로 하는 사회 운동 – 옮긴이) 사람들로부터 심각한 차별 의식이 담긴 글이라는 항의를 듣고, 오사카의 하치오 시로 불려 가 비판을 받았다. '웃음의 그늘'은 비행 소년의 시각에서 쓴 것이며, 내 성장 과정이나 교육 실천 과정으로 볼 때 의도적으로 차별 의식을 담았을 리가 없다고 나는 항변했다. 부락해방동맹 사람들은 몹시 분노했다.

'웃음의 그늘'에 담긴 차별 의식으로 지적된 것 가운데 하나는 소년의 비행을 통해 권력의 실상을 부각시킨다는 도식을 가장하여 마구잡이 폭력적 행동과 엽기적 행동을 비속한 흥밋거리로 묘사했다는 점이었다. 돌이켜 보면 부당한 차별을 받으며 사는 사람들의 실상이라고는 찾아볼 수 없는, 자의적이며 편견으로 가득 찬 세계였다.

'동맹' 사람들의 분노가 선하게 되살아난다. 지금 이 원고를 쓰고 있는 손이 걷잡을 수 없이 떨린다. 글씨를 쓸 수가 없다.

참으로 고통스러운 이야기지만, 나는 그런 비판을 받고도 나 자신의 차별 의식을 깨닫지 못했다. 처음에는 불쾌했고 다음에는 난감했다고 쓴다면 그때의 내 상태를 비교적 정확하게 전달한 것이리라.

'동맹' 사람들에게 나는 구제할 길 없는 인간으로 비쳤을 것이다. 이것은 단순한 차별 의식의 문제가 아니다. 타인을 짓밟으며 살아온 내 삶이 그대로 드러난 것이다. 그러나 그때 나는 그 사실을 깨닫지 못했다.

형을 미치게 만들고 이제 이렇게 비난을 받는구나, 내 삶이 뭔가 결정적으로 잘못되고 있구나, 하는 생각은 있었다. 그리고 거기에 깊이 절망했다. 내게도 스스로에게 절망할 만큼의 양심은 있었던 것이다.

앞에도 말했지만, 자살하기 며칠 전 큰형은 내 집에서 하룻밤 묵고 갔다. 없는 말을 지어내는 것이 아니라, 형은 발작이 일어나면 무슨 짓을 저지를지 알 수 없는 불안한 상태였다. 형수가 늘 칼을 지니고 다닐 정도였다.

형 옆에 누운 내 몸이 뻣뻣하게 굳는 것이 스스로도 확연하게 느껴졌다. 그러나 바싹 야윈 흙빛 얼굴로 잠든 형을 보니 눈물이 났다. 눈물을 멈출 수가 없었다. 형 손에 죽는다면 그것으로 좋다. 그렇게 생각하는 순간, 온몸의 긴장이 풀렸다.

성실하게 살다가 만신창이가 된 형을 나는 미쳐 날뛰는 생물쯤으로 여기고 있었다. 그것이 차별이다. 나는 이런 식으로밖에 자신의 차별 의식을 이해할 수 없었다.

학교를 그만둔 이유를 설명하기 위해 나의 차별 의식을 말하는 것이 아니다. 이 사건으로 조금이라도 차별의 본질에 다가갔다면 오히려 나는 학교를 그만두지 않았을 것이다.

그때 나는 혼돈스러웠다. 그런 혼돈 속에서는 교사 생활을 계속할 수 없었다고, 그렇게밖에는 말할 수 없다. 형이 죽고, 어머니가 죽고, 그리고 내 위장에는 구멍이 두 개 뚫렸다.

점심시간에 멍하니 바다를 바라보다가, 나는 이상한 사내를 만났다. 그 사내는 할머니들이 들고 다니는 가방을 왼쪽 팔에 걸고 손에는 깡통을 들고 있었다. 더러운 밥그릇을 허리춤에 매달고 여기저기 살피듯이 두리번거리며 걸어왔다. 이따금 허리를 굽혀 뭔가를 주웠다. 뭘 하는 걸까 유심히 보고 있으니까, 조그만 조개를 주워서 깡통에 담았다.

내 앞에 와서는

"여어."

하고 스스럼없이 말했다.

나도 무심결에 가볍게 고개를 끄덕였다.

미안한 말이지만, 처음에는 그 사내가 거지인 줄 알았다. 나이가 꽤 지긋하고 몸집이 작았는데, 친근감을 주는 눈으로 부드럽게 웃고 있었다.

사내는 밥그릇에 바닷물을 퍼 오더니 거기에 주운 조개를 담았다. 아하, 하고 나는 생각했다. 술안주를 만들려는 것이다. 가방 안에 술병이 보였기 때문이다.

조개가 다 익자 사내가 술병을 꺼냈다.

"한 잔 하겠소?"

사내는 병뚜껑을 술잔 삼아 내밀었다.

"어디서 오셨습니까?"

나는 어쩐지 친근감이 느껴져 병뚜껑을 받아 들며 물었다.

"히로시마요."

사내가 대답했다.

"네에."

하고 말하고 나는 술을 마셨다.

사내는 미야코 섬에 있는 한 고급 술집에 들어갔다가 2만 엔을 뜯긴 이야기를 했다.

"네에."

나는 술을 또 한 모금 마셨다.

사내는 돈은 있지만 불합리한 것은 싫다고 했다. 차림새로 보아 관광객 같지는 않았다. 나는 흥미를 느껴 평소에는 묻지 않는 것을 물었다.

"무슨 일을 하세요?"

"선주지."

"선주요?"

"배 주인 말이야."

"아, 네에."

"아니, 정확하게는 선주였지."

사내가 고쳐 말했다.

내가 의아해하자

"배가 두 번이나 가라앉았어. 마누라와 딸을 죽이고 말았지."

하고 사내는 남 얘기를 하듯이 말했다.

"배를 파니까 부자가 되더군."

나는 왠지 불안했다.

"하늘도 무심하군요."

나는 사내의 비위를 맞추듯이 말했다.

"그렇지 않아."

사내가 단호한 표정으로 말했다.

"나는 나 자신을 책망하며 살고 있어."

그러고는 단숨에 술을 들이켰다.

나는 파인애플 공장 사람들에게 그 이야기를 했다. 그러자 나이가 지긋한 도미 씨가 말했다.

"그건 잘못이야. 자신을 탓하며 산다고 죽은 사람이 기뻐하지 않아."

다른 아주머니들도 맞장구를 쳤다.

"나도 영감을 죽였어. 말라리아였지. 이부자리를 걷고 남편을 기둥에다 동여맸어. 열 때문에 미쳐 날뛰는 통에 그러는 수밖에 없었어. 남편한테 미안해서, 여보 용서해 줘요, 여보 용서해 줘요, 하면서 밤새 남편 옆에 붙어 있었어. 하지만 보람이 없었어. 아침에는 이미 싸늘해져 있었으니까."

도미 씨는 하테루마 섬사람이다. 하테루마 사람들은 군의 명령으로 이리오모테 섬으로 억지로 옮겨졌는데, 거기서 수많은 사람이 말라리아로 숨졌다. 부끄럽게도 나는 그 사실을 나중에야 알았다.

도미 씨는 이런 말도 했다.

"하테루마로 돌아온 뒤에도 하루가 멀다 하고 장례를 치렀지. 그런데 군의 명령에 따랐다가 죽었는데도 전사자로 인정해 주지 않는 거야."

이런 말을 하는 아주머니도 있었다.

"나는 천황의 명령으로 두 아들을 전쟁터로 보냈어. 유골도 돌아오지 않았는데 천황은 인사하러 오지도 않아."

"나는 말을 할 때마다 목구멍으로 숨이 새어나와 피리 소리처럼 삑삑거려요."

이렇게 말한 아주머니는 집단 자결로 어머니를 잃었다. 이어서 일본군에 끌려간 자식이 죽자, 스스로 목숨을 끊으려 했지만 결국 실패했다고 한다. 숨을 쉴 때마다 삑삑거리는 피리 소리가 나는 것은 그때의 끔찍한 상처 때문이다. 그 아주머니는 마침 친척집에 가서 목숨을 구한 딸과 둘이 조용히 살면서, 결코 전쟁 이야기를 입 밖에 내지 않는다고 한다.

나는 귀를 의심했다. 하루 종일 웃음이 그치지 않던 쾌활한 사람들의 이야기라고는 꿈에도 생각할 수 없었다.

이야기가 대충 끝나자, 도미 씨가 말했다.

"내가 죽으면 우리 남편도 죽어 버려. 나는 죽을 수가 없어."

다들 고개를 끄덕였다.

나는 강한 충격을 받았다. 이 사람들 속에는 또 하나의 '삶'이 있었다. 이 사람들 속에는 죽은 사람들이 살고 있었다. 이것을 어떻게 설명해야 좋을까.

이 사람들의 고뇌와 내 고뇌는 근본적으로 달랐다. 이 사람들에 비한다면 내 고뇌는 그야말로 어리광에 지나지 않았다. 내 입에서 신음소리가 새어 나왔다.

인간은 무엇인가. 오키나와는 대체 무엇인가.

점심시간이면 나는 여전히 바다로 갔다. 그러나 거기서 생각하는 것은 더 이상 나 자신의 불행이 아니었다. 나는 뭔가를 배우기 시작했는지도 모른다. 자꾸만 아이들이 생각났다.

'뼈야, 너는 나한테 다리가 있는 줄 알고 자라 주었구나' 라던 사토루와 태풍 따위는 무섭지 않다고 기운차게 외치던 사사오 스스무가 생각났다.

무거운 인생을 짊어진 아이일수록 낙천적이었다. 고통스러운 인생을 사는 아이일수록 상냥했다. 왜 그럴까, 나는 생각하기 시작했다.

인간 본래의 모습이, 그리고 그 본질적인 것이 너무나도 오키나와 사람들과 닮지 않았는가. 그 이유가 대체 무엇인지, 나는 생각하기 시작했다.

한 편의 시가 떠오른다.

나보고 돼지라고 한다
돼지우리로 돌아가라
한다

나는 돼지 말을 몰라
하고 말했다
그러니까
꿀꿀꿀만 하면 된다고
한다
꿀꿀꿀은 우리나라 말이야

1년 나카노 마사유키

나카노 마사유키는 내가 감기에 걸려 누워 있을 때 혼자서 문병을
와 주었다. 꽤 늦은 밤이어서 나는 놀랐다.
　나카노 마사유키는 눈에 눈물이 그렁그렁한 채 초콜릿 하나와 편
지를 화난 사람처럼 불쑥 내밀었다.

병아, 저리 가 버려

나카노 마사유키

나중에 안 일인데, 그 아이는 또 다른 한 친구와 함께 집을 나섰
다. 말타기를 하면서 우리 집으로 뛰어왔다. 몇 번째인가 정류장을
지났을 때 해가 졌다.
　친구가 울먹이며 말한다.
　"집에 가자."

그 아이는 고개를 젓는다.

친구는 뒷걸음질치다 결국 발길을 돌린다. 그 아이 혼자 뛰어간다.

인간의 상냥함을 생각함으로써 나는 소생했는지 모른다. 오키나와
를 생각할 때 항상 아이들이 있었다. 아이들을 생각할 때 항상 오키
나와가 있었다. 그것이 나를 구원했다.

'좋은 사람일수록 이기적인 인간이 될 수 없으니까 쓰라리고 고통스
러운 거지. 인간이 동물과 다른 점은 남의 아픔을 자기 아픔처럼 느낄
수 있다는 점이겠지. 어쩌면 좋은 사람이란 자기 안에 남이 살게 하는
사람인지도 몰라.'

후짱은 바다를 보고 있는 고로야 아저씨와 기요시를 보면서 생각했다.

— 《태양의 아이》 중에서

고통을 함께 나누는 사람들

나는 충격적인 책을 만난다.

1970년 도쿄타워 특별 전망대에서 한 남자가 식칼을 휘두르며 미국인 선교사를 인질로 잡고 "일본인들아, 오키나와를 입에 담지 마라. 미국은 오키나와에서 떠나라!"고 외쳤다.

바로 그 주인공인 T씨의 수기를 읽고 나는 할 말을 잃었다.

T씨는 오키나와의 고난을 온몸으로 짊어지고 반생을 보냈다. 학창 시절 고구마조차 먹지 못해 아침이면 콩비지를 먹고 학교에 갔다고 한다.

T씨는 말한다.

"사람들은 즐거운 일을 떠올리고 즐겨 이야기하지만, 나는 슬픈 일만 떠오릅니다. 주인은 개한테 주라며 가끔 돼지고기나 닭고기를 주었습니다. 나는 몰래 그 개 먹이를 주머니에 넣고 집에 돌아가 여동생들과 나눠 먹었습니다. 개는 내가 몹시 미웠을 겁니다. 나는 부잣집 개로 태어났으면 좋았을걸 하는 생각을 자주 했습니다."

T씨는 사투리표찰(사투리를 쓴 학생이 목에 거는 표찰. 사투리를 쓴 사람은 다음 위반자가 나올 때까지 표찰을 목에 걸고 있어야 한다. 일본 동화 정책의 일환으로 오키나와 각 학교에서 실시했다.—옮긴이)에 시달리는 게 싫어서 정문 대신 뒷문으로만 다녔다. 그러다 초등학교 3학년 때, 정문으로 다니면서 천황 폐하의 사진에 경례하지 않는다는 이유로 교사에게 구타를 당했고 그 뒤로 T씨는 학교에 가지 않았다.

T씨는 오키나와 전투(제2차 세계 대전 중 일본에서 유일하게 지상전이 벌어진 곳으로, 섬 주민 3분의 1이 목숨을 잃었다.—옮긴이)에서 수많은 비극을 목격한다. 먹던 주먹밥을 일본군에게 빼앗긴 적도 있다. 첩자로 몰려 일본군에게 무참히 살해되는 초등학교 교사를 눈앞에서 본 적도 있다. 울음소리를 내서 미군한테 들킬까 봐 아이를 죽여야 했던 어머니의 비극도 목격했다.

지옥이라고밖에 표현할 수 없는 아수라장이었다. 지옥은 이어진다. T씨는 말한다.

"오키나와에 상륙한 미군은 여성을 보기만 하면 사자나 호랑이처럼 덮쳐 폭행했을 뿐 아니라 아버지와 딸을 발가벗겨 부녀간에 ○○○를 강요하고, 말을 듣지 않으면 죽창으로 음부와 음경을 찌르며 낄낄거렸습니다. 나는 그런 광경을 보면서 전쟁은 무서운 것이 아니라 슬픈 것이라고 생각했습니다."

이런 일이 한두 번이 아니었다고 한다.

T씨는 한 여성이 미군에게 윤간 당하는 장면을 목격했는데, 몇 년

뒤 그 여성이 교사가 된 사실을 알게 된다. 다니는 길이 같아 자주 얼굴을 마주치는 것이 괴로워 옆길로 돌아가는데, 하필 그 여성도 그 길을 지나는 바람에 딱 맞닥뜨린 적도 있다고 한다.

T씨가 맨 처음 감옥에 간 것은 누명 때문이었다. 잃어버린 카메라를 찾으러 간 자리에 함께 있던 친구가 도둑질을 한 것이다. T씨는 공범으로 몰렸고 취조 중에 고문을 받아 고환이 짜부라졌다. T씨는 왼쪽 새끼손가락이 절반뿐인데, 그것은 사건이 날조되는 것에 분노하여 손가락을 잘라 형사에게 던진 끔찍한 사건의 흔적이다. T씨는 이런 일을 겪으면서 오키나와가 놓인 위치와 오키나와가 받는 차별을 피부로 느꼈다.

그런데 내가 충격을 받은 것은 T씨가 너무나 가혹한 인생을 살아왔다는 사실 때문이 아니라, 그런 삶 속에서도 한없이 상냥한 마음을 간직하고 있다는 점 때문이었다.

도쿄타워 인질 사건을 실행에 옮길 때 T씨는 초콜릿 30개를 준비했다. 불특정 다수를 인질로 삼을 경우, 그중에는 어린이가 있을 수 있고 그 어린이에게 공포감을 주는 것이 너무 미안했기 때문이다(실제로 어린이는 없었다. 조선인이 있었는데 조선인 역시 차별을 받고 있다는 이유로 즉시 풀어 주었다고 한다).

T씨의 수기를 읽으면서 내 가슴이 몇 번이나 뜨거워졌던 것은 참담한 '삶'을 강요당하고 거기에 끊임없이 치열하게 저항하면서도 자신처럼 고통 받는 사람에게는 한없이 상냥했기 때문이다.

T씨는 전쟁 중에 야산을 헤매다가 인가에서 멀리 떨어져 숨어 살던 나환자와 친해져 그와 한솥밥도 먹는다. 어떤 가족이 우연히 들렀다가 집주인이 나환자라는 걸 알고는 도망치듯 가 버린다. T씨가 그 가족을 비난하자, 나환자는 "그렇지 않아. 아이한테 병이 옮으면 안 되니까 그런 거야."라고 한다.

T씨는 "아저씨는 늘 좋은 쪽으로 생각하셨습니다."라며 그런 점을 배웠다고 한다.

처음 감옥에서 나왔을 때, T씨는 마늘을 잔뜩 사 달라는 이상한 매춘부를 알게 된다. 무슨 바람이 불었는지 하루는 그 여성이 "오늘 밤에는 장사를 접을 테니까 함께 술이나 마십시다."라고 한다.

"준비가 모두 끝나자, 하나코는 손을 씻은 다음 품 속에서 사진 두 장을 꺼내 화장대 위에 나란히 세우더니 잔에 술을 따르고 마늘과 된장을 섞어서 접시에 담아 사진 앞에 놓고는 알아듣지 못할 말을 중얼거리며 울었습니다."

그 여성은 야간 간호사로 일할 수 있다는 말에 속아 언니와 함께 전쟁터로 끌려간 종군 위안부였다.

"하나코는 그 이야기를 하면서 장롱 위에 있던 사진을 나에게 보여 주었습니다. 사진 속의 두 사람은 간호사 옷을 입고 있었습니다. 언니는 사흘째 되는 날 연못에 몸을 던졌다고 합니다. 언니는 약혼자에게 미안하다는 말을 남기고 일본을 저주하며 죽었습니다. 하나코 자신은 일본군의 노리개가 되고도 자살할 용기가 없었다고 했습니다. (중략) 하나코는 다리를 조금 절었는데 전쟁 중에 미군의 총에 맞았기 때문입니다. 하나코는 혼자 술을 마시며 때때로 내가 알아들을 수 없는 말을 하고 사진에 볼을 비비며 울었습니다. 나는 하나코의 이야기를 듣고 눈물을 흘리며 밤새 함께 술을 마셨습니다."

무참하기 짝이 없는 '삶'과 너무나도 아름다운 인간의 만남이 일본과 일본인의 죄를 들춰낸다.

이 수기를 읽는 동안 나는 몇 번이나 신음을 토했는지 모른다.

감옥에 있을 때 T씨는 피차별부락(신분적·사회적으로 심하게 차별을 받아 온 사람들의 집단 거주 지역 – 옮긴이) 출신인 Y순사가 동료에게 '돼지껍질'이라는 모욕적인 말을 듣는 데 항의하여 비상벨을 울린다. T씨가 형무소 소장과 담판한 결과, Y순사에게 욕을 한 동료는 다른 조로 옮겨졌지만 당사자인 Y순사는 그 내막을 모른다. Y순사는 "경감과 부장들에게 고자질해서 내 동료를 한직으로 옮기게 한 T는 나쁜 녀석이다."라며 T씨를 나무랐다.

T씨가 출소하는 날, 사람 좋은 Y순사는 "T, 어디에 있든 남한테 나쁜 짓은 하지 말게. 내 근무 시간에 비상벨이 울리면 어쩌나 노심초사했는데, 이제는 안심이야."라며 T씨의 어깨를 툭 쳤다고 한다.

T씨는 Y순사의 마지막 말을 떠올리며 혼자 웃고는 한다. '돼지껍질' Y순사는 잘 지내고 있을까 생각하면서.

이 유머 넘치는 말은 나를 감동시켰다. 인간의 상냥함이 지닌 유연한 자긍심은 인간을 얼마나 풍요롭게 하는가. 아름다운 이야기이다.

이 단어가 내 귓가에서 떠나지 않는다.

'치무구리사'

예부터 오키나와 말에는 '가엾다' 같은 동정적인 표현이 없다. 오키나와에서는 남의 고통을 이야기할 때, 그 고통을 함께 나누는 뉘앙스를 가진 '치무구리사(가슴 아프다)'라는 표현을 쓴다. 오키나와에는 '남한테 얻어맞은 사람은 잠을 잘 수 있지만, 남을 때린 사람은 잠을 못 잔다'는 말이 있다. T씨의 수기를 읽어 보면 T씨의 인생은 그야말로 '치무구리사'의 연속이다. 더구나 끊임없이 학대받으며 살아온 사람의 인생이 말이다.

오키나와에는 한없이 깊은 뭔가가 감춰져 있다고 느꼈을 무렵, 나는 자하나 노보루를 알게 된다.

자하나 노보루는 "오키나와 주민이 자유와 해방을 생각할 때 항상 떠올리는 인물이자 자유 민권 운동의 선구자"라는 평가에서 "기본적인 투쟁의 주체가 되어야 할 농민층과 대립하고, 결국 입헌제 안에서 정치적 해결을 구하기 위해 참정권 운동에 몸을 던졌으나 심각한 좌절을 맛본 뒤 비분을 못 이겨 실성하고 결국 죽고 만 자하나 노보루의 외로운 투쟁과 그 투쟁을 지탱해 온 그의 사상을 깊이 탐구했을 때, 오키나와 근대사에서 자하나 노보루가 차지하는 사상적 위치는 더욱 명확해진다."는 평가에 이르기까지, 다양한 평가를 받고 있는 인물이다.

그러나 국가 권력의 첨병인 나라 현 지사의 폭정을 규탄하고 소마 야마 매각 사건을 정점으로 저항 의지를 관철했던 인물이 오키나와에 있었다는 사실은 내게 충격이었다. 또한 자신의 뜻을 이루지 못하고 가난을 견디다 못해 야마구치 현에 일자리를 얻어 부임하던 길에 고베 역에서 발작을 일으켜 산송장이 된 채 고향으로 돌아온 뒤, 나라 현이라는 글자를 적어서 길을 지나는 아이들까지 밟게 했다는 그의 광적인 행동은 더더욱 충격이었다.

자하나 노보루의 광적인 행동과 형의 행동을 연결짓는 것은 지나치게 개인적인 생각이다. 그러나 인간의 굳은 의지가, 즉 인간으로서 칭찬받아 마땅한 마음의 힘이 자신의 숨통을 조이는 데에 쓰이는 것은 얼마나 고통스러운 일인가. 나는 '치무구리사' 정신의 존엄과 슬픔이 여기에도 깃들어 있다고 생각하지 않을 수 없었다.

나는 이시가키 섬을 떠나 구로 섬, 고하마 섬, 요나구니 섬, 하테루마 섬 등을 떠돌아다녔다. 몇 번씩 찾아갔던 곳인데도 볼 때마다 섬들은 너무도 아름다웠다. 하늘과 바다, 그 한없는 푸른빛이 한층 밝게 빛났다. 왜 그랬을까? 나는 항상 갖고 다니던 공책을 펼쳐 본다.

여행지에서 거울을 보니/얼굴에 적갈색 개미가 기어다닌다/죽음을 재촉하고 있구나 생각했다

하염없이 비가 온다/나는 모기를 잡고 있다/납작 짜부라진 모기가 힘없이 떨어진다/슬픔의 유선궤도다

우산을 쓰고 바닷가로 나간다/어두운 바다를 보고 있으려니/눈이 유리 구슬 같아진다/그 눈이 몸을 뻗어/내 깊은 곳을 물끄러미 들여다보고 있다

스쳐 지나간 장사꾼은/비에 젖어 있었다/생선을 짊어지고 있었다/생선은 손질해 뼈를 발라 낸 것이다/후줄근한 걸레 같다/눈도 입도 없다/꼬리도 없다/생선은 뼈째 몽땅/살그머니 달아났던 것이다

내일/섬에 간다/섬에서/섬에 가는 일을 생각한다

이런 낙서가 빼곡히 적혀 있다. 나는 두 번쯤 되풀이해서 읽고는 조용히 그 페이지를 찢었다. 잘게 찢어서 때마침 불어온 바람에 띄웠다. 찢겨진 종이는 하얀 깃털처럼 푸른 바다 위로 흩어져 갔다.

그래, 그랬구나.

나는 그 종이들을 찢어 버릴 수 있었던 내게 처음으로 실낱 같은

희망을 가졌다. 나는 오키나와의 대기를 가슴 가득 들이마셨다.

이시가키 섬의 파인애플 공장에서 일할 때, 도미 씨가 했던 말이 있다.

"아름다운 것은 말이지, 참고 참고 또 참았을 때 만들어지는 거야."

나는 내가 만났던 아이들을 떠올리고 있었다.

T씨의 상냥함과 뼈 이야기를 쓴 사토루, 태풍에 대한 글을 썼던 스스무의 상냥함이 겹쳐졌다. 그들은 상냥함으로 자신의 인생을 변화시켰다. 그들에게 상냥함은 인간을 변화시키는 힘이다. 자신을 변화시키고, 타인까지 변화시키는 힘이다.

오키나와 사람들의 상냥함과 아이들의 상냥함은 어쩌면 이리도 닮았을까.

헌신이란 무엇일까. 자하나 노보루와 형 생각이 자꾸 떠오른다.

어렴풋하게나마 나는 한 가지 사실을 깨닫기 시작했다. 이시가키 섬에 있을 때였다. 나는 섬 북쪽 끝에 있는 히라노 마을로 가기 위해 자전거를 끌고 있었다. 길은 굽이굽이 휘어져 있었다. 오르막 다음에는 내리막, 내리막 다음에는 오르막이 쉴새없이 이어져, 도대체 가도 가도 끝나지 않을 것 같은 험한 산길이었다. 때때로 바닷가를 따라 평탄한 길이 나오면 겨우 한숨을 돌린다. 그러나 이런 길이 옛날부터 있는 것은 아니다. 원래는 '요운(이시가키 섬 말로, 밤 또는 암흑이라는 뜻. -옮긴이)의 길'로 불릴 정도로 지옥 같던 길이다. 옛날에는 과연 가비라 만 북쪽에 길이 있었을까? 옛날에 비하면 천국 같은 길인데도, 허약한 나는 끌고 가는 자전거를 원망스레 바라보며 거친 숨을 헐떡였다.

그때 나는 한 할머니를 만났다. 마치 길섶의 무성한 가로수 사이로 홀연히 나타난 듯한 느낌이었다. 나는 깜짝 놀랐다. 할머니는 굵은 새끼줄을 허리에 두르고 쉴새없이 뭐라고 중얼거렸다. 한눈에도 정상이 아님을 알 수 있었다.

나는 할머니를 피하듯 지나쳐 갔다. 할머니는 나한테는 눈길도 주지 않고, 눈빛과는 달리 아주 반듯한 걸음걸이로 성큼성큼 걸어가 버렸다. 나는 나직이 한숨을 내쉬었다. 그러고는 곧바로 그 할머니 일을 잊었다.

내가 이시가키 시를 나선 것은 이른 아침이었는데 히라노에 도착한 것은 땅거미가 질 무렵이었다. 나는 히라노에서 유일한 민박집에 잠자리를 정하고, 저녁도 먹는 둥 마는 둥 곯아떨어져 버렸다.

이튿날 아침, 나는 소 울음소리에 잠이 깼다. 작은 새들의 지저귐과 소 울음소리가 어우러지며 더없이 한가로운 느낌을 자아냈다.

나는 아침 산책을 나섰다. 달캉, 덜컹 하는 단조로운 소리가 들렸다. 창 너머로 한 아주머니가 보였다.

"베틀로 천을 짜는 겁니까, 아주머니?"

내가 묻자, 아주머니 대답한다.

"미야코 천(오키나와 미야코 섬의 특산물로, 모시풀로 짠 최고급 천을 말함. – 옮긴이)이에요."

"야에야마에서도 미야코 천을 짭니까?"

"그럼요."

"네에, 그렇군요."

달캉 소리는 날실을 짜는 소리고, 덜컹 소리는 씨실을 짜는 소리였다.

"미야코 천은 인두세 공물이었다죠?"

"잘 아시네요."

고개를 들지 않은 채 아주머니가 말했다.

"옛날에는 정말 고생이 많았겠어요."

"지금도 마찬가지예요. 두세 달씩 걸리니까 수지가 맞지 않아요."

품삯이 얼마 되지 않는 걸까? 이어서 아주머니는 이것저것 스스럼없이 얘기해 주었다.

"지금은 날씨가 좋아 수월한 편이지만, 날이 건조할 때는 실 한 올 한 올에 침을 묻혀야 해요. 안 그러면 실이 끊어져 버려요."

순간 나는 제주(祭酒)를 만들 때 처녀가 쌀을 입에 넣고 잘게 씹었다는 옛이야기가 떠올랐다.

"아무리 가는 실이지만 살아 있으니까요."

그 아주머니는 그렇게 말했다.

언젠가 사키 섬에서 만드는 천은 살아 숨쉰다는 말을 들은 적이 있다. 실이 살아 있다. 천이 살아 있다. 이것은 무슨 뜻일까. 사람들은 흔히 사키 섬의 기후 때문이라고 말하지만, 뭔가 좀 더 깊은 뜻이 있는 건 아닐까.

이곳 사람들은 그토록 공들여 짠 천을 세상에 유례가 없을 만큼 가혹한 조세 제도인 인두세의 공물로 죄다 빼앗겼다고 한다. 이것은 무엇을 의미할까. 미야코 천을 비롯한 오키나와 문화의 성립 과정을 탐구하는 것은 오키나와 사람들의 정신 세계를 탐구하는 것을 의미하지 않을까. 나는 문득 그런 생각이 들었다.

언젠가 나는 야에야마의 아라구스쿠 섬에서 출토된 파나리 토기에 매료된 적이 있다(물론 지금도 마찬가지다). 이 토기들은 16세기에서 18세기 것으로 추정되는데, 야에야마의 옛 노래로 전해지는 제작 공정에 따르면 붉은 흙과 달팽이, 식물의 점액 등을 반죽하여 물레를 쓰지 않고 형태를 만들어 억새 태운 불에 구워 낸다. 제조법은 좀 원시적이지만, 완성된 토기는 놀라울 만큼 부드러운 느낌을 준다. 사춘기 소녀의 볼처럼 발그스레한 빛과 거칠거칠한 표면, 터질 듯 부푼 형태에서는 어렴풋한 관능미까지 느껴진다.

이 토기 역시 살아 있다. 원래 생명이 없던 것이 살아 있다. 오키나와 사람들에게는 그렇다. 생명을 살리는 것, 이것이 상냥함의 원류가 아닐까? 나는 이렇게 생각하기 시작했다.

그리고 다음 날, 나는 실성한 할머니와 관련된 어떤 이야기를 듣고 매우 놀란다.

상냥함의 원류

　실성한 할머니의 이야기를 자세히 쓰기 전에 먼저 밝혀 둘 것이 있다.
　내가 오키나와를 오랫동안 여행할 수 있었던 것은 호시 호로 씨 덕분이었다. 호시 씨는 어린이 시 잡지 〈기린〉의 실무를 맡고 계시던 분으로, 학교를 그만두고 방랑 생활을 하는 나를 매우 걱정해 주었다. 그 무렵 호시 씨는 비닐 주머니를 만드는 회사를 경영하고 있었는데, 나를 서류상 그 회사의 운전수로 앉혀 다달이 10만 엔이라는 거금을 따로 떼어 주고 있었다(호시 씨가 워낙 철저히 숨긴 탓에, 내가 이 사실을 안 것은 훨씬 뒤의 일이다).
　얼마 전 나는 그 무렵에 호시 씨와 다른 두세 명의 친구에게 보냈던 편지 초고를 찾았다.

　호시 씨께.
　오늘(15일) 돈을 받았습니다. 바쁘실 텐데 정말 죄송합니다. 금액을 적어 둘 걸 그랬다는 생각이 듭니다. 편지를 부치고 바로 요나구니 섬으로 갔습니다. 그런데 섬에 머무는 내내 비가 내렸습니다. 배편도 비행기편도 없어, 일주일이나 꼼짝달싹하지 못하는 상태였죠. 제당 공장에 취직했지만 비 때문에 사탕수수가 입하되지 않아 하루 만에 잘렸습니다. 막노동 일자리가 생겨 좋아했는데, 그마저 비 때문에 취소되고 말았습니다.

돈을 아낄 요량으로 빈집에 들어가 잠을 청했습니다. 어찌나 춥던지, 내가 무엇 때문에 이러고 있나 하는 생각에 눈물이 나더군요. 헛된 짓을 하는 게 아닌가 싶기도 했지만, 내 존재가 분명히 느껴져 안도감이 들기도 했습니다. 호시 씨는 이런 철부지 같은 제 생활을(지금이라면 결코 이런 식으로 표현하지 않았을 것이다.) 사치라고 생각하시겠지요. 죄송합니다. 보내 주신 돈으로 내일은 고하마라는 작은 섬에 가 볼까 합니다.

너무 작은 섬은 일자리가 없기 때문에 돈이 없으면 가지 못합니다. 돈의 고마움이 가슴에 사무칩니다. 요긴하게 쓰겠습니다.

이쪽으로 오기 전에 우연히 아다치 씨를 만났습니다. 맥주를 얻어먹으며 세 시간쯤 이야기를 나눴습니다. 제가 야에야마에 가겠다고 하니까 아다치 씨도 아주 좋아하시더군요. 제게 "오키나와에 가서 칠판을 버리고 오시오."(아마 교사의 얼굴을 버리고 오라는 뜻이었겠지요.)라고 하셨습니다. 아다치 씨도 점점 얼굴이 좋아지는 것 같았습니다.

부인께도 안부 전해 주십시오.

○ 씨께

쉴새없이 비가 내립니다. 이곳으로 온 지도 열흘이 되었는데 맑은 날이 하루도 없습니다. 내내 먹구름이 껴 있어, 저도 그만 지치고 말았습니다. 야에야마가 나를 거부하는 것 같아 우울합니다.

지금은 고하마라는 섬에 있습니다. 호시 씨가 돈을 부쳐 주신 덕분에 이곳에 올 수 있었지요. 요나구니 섬에서는 고생이 이만저만이 아니었습니다. 배도, 비행기도 뜨지 않아 일주일 가까이 비만 맞는 도롱이벌레 신세였죠. 도롱이벌레는 꼼짝하지 않고 있으면 일주일쯤은 견디지만, 저는 끼니를 때워야 했습니다. 제당 공장에 일자리가 있어 한시름 놓나 싶었는데, 사탕수수가 입하되지 않아 그날로 잘렸습니다. 도대체 운이 없더군요.

돈을 아끼려고 폐가에서 잠을 잤습니다. 돈은 아낄 수 있었지만 얼굴이 눈물과 콧물로 범벅이 되었습니다. 구걸도 할 수 없었습니다. 나는 얼마나 어정쩡한 인간인지요. 슬픈 일입니다. 슬픔을 느껴서는 결코 구걸을 할 수 없어요. 그것을 절실하게 느꼈습니다.

"어디에나 사람은 살고 있다. 이런 곳에도 사람은 살고 있다."

언젠가 당신은 그렇게 외쳤지요. 야에야마는 그런 생각이 들게 하는 곳입니다.

곶 앞에서 늙은 어머니와 어린 딸이 커다란 생선을 다듬고 있었습니다. 그렇게 다듬고 나니까 광주리 가득하던 생선이 안타까울 만큼 줄어들어 버리더군요.

나는 섬을 한 바퀴 돌아 마을로 돌아왔습니다.

생선 장수가 비를 맞으며 길가에 쭈그리고 앉아 있었습니다. 눈이 마주치자 가볍게 웃었습니다. 바로 두 시간 전에 곶에서 만났던 사람이 었습니다.

나는 가볍게 고개를 끄덕여 인사했습니다. 그쪽도 고갯짓으로 답해 주었지요.

얼마예요? 하고 내가 물었습니다. 그 커다란 생선이 겨우 150엔이었 습니다. 실리적인 생각에 앞서 가슴이 뭉클했습니다. 야에야마는 그 런 곳입니다.

'파나리'는 섬이라는 뜻입니다. 나는 파나리 토기의 온기를 생각할 때 마다 늘 이 섬 사람들의 상냥함을 생각합니다. 남을 학대해 온 사람은 결코 지닐 수 없는 뭔가를 이 섬 사람들은 지니고 있는 게 아닐까요? 다시 바람이 거세졌습니다. 밤이 된 줄 알았는지 도마뱀붙이가 나타 나 나직이 소리 내고 있습니다. 울고 있는 것이 아니라 분명 흐느끼고 있었습니다.

K에게

잘 지내나? 나하에는 며칠밖에 머물지 않았지만 관광객들의 행동에 줄곧 속을 부글부글 끓였네. 오키나와 사람들이 어떤 심정으로 살고 있을지 생각하면 가슴이 아프다네.

고쿠사이 거리의 한 서점에서 산 〈푸른 바다〉라는 향토 월간지에 다음과 같은 글이 적혀 있더군.

"오키나와는 기지 경제에서 관광 경제로 이행하고 있다. 관광 경제는 3S, 즉 전적지(site of an old battle – 옮긴이), 쇼핑, 섹스로 지탱된다."

또 이런 글도 있었네.

"웃음이 그치지 않는 사람이 있는 한편 눈물이 그치지 않는 사람이 있다."

고통스러운 일이야.

내일은 야에야마로 떠나네.

이 편지들은 공책에 적힌 낙서들을 찢어 버리기 전에 쓴 것들이다. 지금 다시 읽어 보니 한껏 기분을 내고 있구나 하는 느낌이다.

최대한 일을 해서 살아가고는 있었지만 궁지에 몰리면 호시 씨의 호의에 기댄 것도 나약한 인간의 상투적인 행동이다. 아무튼 이런 일도 있었다는 것을 밝혀 둔다.

실성한 할머니를 만난 다음 날, 나는 히라노 마을에서 다시 자전거를 타고 이시가키 시로 돌아오고 있었다. 동해안은 서해안보다는 평탄한 편이어서 고구마 밭과 파인애플 밭이 넓게 펼쳐져 있었다. 시라호라는 마을 조금 못 미친 곳에 이르렀을 때, 나는 자전거를 탄 초로의 사내를 만났다.

"저, 혹시 몸집이 작고 행동이 좀 이상한 할멈을 보지 못했소?"

사내는 찾는 사람의 차림새를 자세히 설명했다.

내가 본 그 할머니가 틀림없었다. 나는 "네에." 하고 고개를 끄덕이며 말했다.

"봤어요. 하지만 그건 어제였어요. 그 할머니를 본 곳도 여기와는 정반대 쪽인 당인묘 너머였고요."

그러자 사내가 혼잣말을 했다.

"그럼, 다른 사람이 찾았을지도 모르겠구먼."

"무슨 큰일이라도?"

"아, 그게, 무슨 일이 난 건 아니지만⋯⋯."

사내는 뭐라고 설명하면 좋을지 난처한 모양이었다.

"아무튼 툭하면 뛰쳐나간다니까, 그 할멈은. 지금도 한 80명이 찾고 있다오."

"80명이요?"

나는 깜짝 놀랐다. 이시가키는 아주 작은 시이다. 단 한 사람을 찾기 위해 80명이 나서다니.

내 표정을 보고 사내가 말을 이었다.

"산호초 위에라도 떨어지면 큰일이잖소. 정정해 보여도 나이가 나이라서."

고마웠소, 하며 사내는 자전거에 올랐다.

사내의 행동과 말투는 뭔가 이유가 있어서 오른쪽에 있는 돌을 왼쪽으로 옮기는 것처럼 자연스러웠다. 주민 80명이 실성한 노인 한 사람을 찾아 나섰다는 사실도 놀랍지만, 그 사람의 태도로 보아 이런 일이 한두 번이 아닌 것 같은데도 전혀 귀찮아하거나 힘들어하지 않는다는 점에 나는 더욱 놀랐다. 놀라는 내가 오히려 비뚤어진 것이리라.

나는 그 무렵에야 오키나와의 문화가 궁극적으로 인간의 상냥함으로 지탱되는 문화이며, 그 문화는 모든 생명은 평등하다는 조화의 세계 속에 존재한다는 사실을 어렴풋이 깨닫고 있었다. 그리고 실성한 노인을 대하는 주민들의 태도에서 그 사실이 확연히 드러나자, 나는 새삼 상냥함의 원류를 생각하지 않을 수 없었다.

요나구니 섬 아이들은 태풍이 다가오면 교정의 화초들을 모두 교실로 옮겼다가 태풍이 지나가면 다시 내놓는다는 이야기를 나는 들은 적이 있다. 내가 이시가키 섬에 있는 동안 머물렀던 민박집 '리탄장'의 주인 아저씨는 아침저녁으로 마당에 있는 그 많은 식물에게 일일이 말을 걸었다.

도쿠다 규이치(1894~1953. 일본의 정치가이자 변호사. 일본 공산당을 조직하여 오랫동안 옥살이를 했다. – 옮긴이)를 감시하는 경관이었다는, 특이한 경력을 가진 민박집 주인 야마시로 리탄 씨(민박집 이름에 자기 이름을 붙였다.)는

"나중에는 친구가 됐지. 둘이 같이 소주를 진탕 마시고 마구 날뛰었다니까."

하며 곧잘 도쿠다 규이치 이야기를 했다.

내가 열이 나서 누워 있을 때 곁에서 내내 돌봐 주던 리탄 씨의 부

인은 오키나와의 슈리 출신으로, 이시가키 섬 출신인 리탄 씨와 결혼하기 위해 뿌리 깊은 차별과 싸워야 했다.

한 편의 소설에나 나올 법한 이 노부부는 아무리 작은 생명도 경외감을 갖고 대했다. 사키 섬에는 이런 사람이 많다.

아사히 신문사의 기자인 다쓰노 가즈오 씨는 《류큐네시아》라는 책에서 구로 섬의 까마귀에 얽힌 재미있는 이야기를 소개한다.

"섬에 까마귀가 많군요."

"네, 아주 많아요."

"왜 이렇게 많은 거죠?"

"글쎄요. 죽이지 않아서겠죠. 잘은 모르겠지만."

"하지만 해를 많이 끼치지 않습니까?"

"네, 그야 뭐……." (중략)

"왜 퇴치하지 않는 거죠?"

"글쎄요……, 죽여도 어차피 또 늘어나니까요. 그렇게 귀찮은 일을 해서 뭘 어쩌겠습니까. 하하하."

다쓰노 가즈오 씨는 이런 대화를 소개하고 다음과 같이 말한다.

아마 인간이 이 섬에 정착하기 전 이 섬의 주인은 까마귀였으리라. 인간이 찾아온 뒤로 까마귀와 인간의 공존이 시작되었음에 틀림없다.

섬사람들은 원주인을 멸하고 이 작은 개척지를 자신들만의 것으로 만들 생각이 없다. 물론 얄미운 짓을 많이 하는 녀석들이라 사이좋게 지내기는 힘들지만, 까마귀가 고구마나 땅콩을 훔쳐 가는 것은 당연한 일이니 도끼눈을 뜰 것도 없다. 하물며 까마귀를 몰살하려는 생각, 자연의 섭리를 거스르는 짓을 어떻게 할 수 있겠는가……. 그런 마음이 노인의 말 한 마디 한 마디에 담겨 있었다.

이들은 하나의 생명은 다른 무수한 생명에 지탱되고 있다는 것을 누구보다 잘 이해하는 사람들이리라.

여기서 나는 또 한 번 생각한다. 그런 세계를 삶 속에서 온전히 실천하는 것이 바로 어린이라고. 그 증거는 아이들의 표현에서 얼마든지 찾아낼 수 있다.

개

6세 쓰카다 겐지

나는 개가 너무 좋습니다
나는 개를
밖에 내보내 줍니다
나는 개랑
놀아 줍니다
나는 외톨이입니다

내 개가 왔습니다
개랑 내가 놀았습니다
내 개가 와서 좋았습니다

개랑 나랑
집에서 놀았습니다
개랑 나랑
텔레비전을 보았습니다

개랑 나는 추워서
고타쓰 옆에 갔습니다
개랑 나랑 같이
고타쓰 속에 들어갔습니다

눈

5세 우에다 신고

옷 위에 내려앉아
옷 속에 숨어서 잠이 들었다

개

6세 사쿠다 미호

개는
나쁜
눈빛을 하지 않는다

경로의 날

7세 스미다 하루히코

우리 할아버지랑 할머니는
우리 집 근처에
살지 않아서
이웃집 늙은 개한테
생선살 꼬치를 주기로 했다
페치는 생선살 꼬치를 한입에
꿀떡 삼켜 버렸다
페치는 경로의 날인지 알았을까?

아이들은 생명이란 아무리 작고 보잘것없는 것이라도 평등하다고
여기고, 순식간에 그 생명과 우정을 쌓을 수 있다. 개나 고양이와도,
나비나 새와도, 풀이나 나무나 바람이나 눈과도, 온갖 자연물과도

이야기를 나눌 수 있다. 아이들은, 그리고 오키나와 사람들은 그런 세계를 갖고 있다.

인간도 자연의 일부라는 생각에서 멀어졌을 때 인간은 지옥에 떨어진다고, 나는 어렴풋이 생각하게 되었다.

이시가키 섬 사람들이 실성한 노인에게 기울이는 애정은 결코 특별한 것이 아니다. 해와 바람에게 말을 거는 것과 똑같은 일이다. 이 지방 사람들은 그렇게 함으로써 자기 내면에 정토를 만들고 있는 것이다.

내가 이런 생각을 갖게 된 결정적인 계기는 하테루마 섬의 축제였다. 하테루마에서는 소린(우란분. 음력 칠월 보름에, 아귀도에 떨어져 고통 받는 망령을 위해 법회를 열어 그 영혼을 달래는 불교 행사—옮긴이)이 가까워지면 마을마다 무샤마(가장행렬) 준비로 바빠진다.

무샤마는 이 섬에서 가장 크고 성대한 행사로, 풍년을 기원하는 깃발을 든 사람이 선두에 서고, 미륵과 미륵의 어린 자식들, 벼베기춤(부녀회와 장년회)과 노동요(어린이)를 재연하는 무리가 뒤따른다. 그리고 갖가지 공연이 이어지다가 장대춤, 북춤, 사자춤으로 끝맺는다.

나는 무샤마 연습에 참가했다. 해가 뉘엿뉘엿 기울자, 사람들이 마을 회관으로 모여들었다. 노인들은 무샤마 때 쓸 도구를 점검하거나 고치고, 몇 안 되는 섬의 젊은이들이 장대춤 연습을 시작했다. 그 모습을 구경하는 아이들도 있고 까불거리는 아이들도 있다.

해가 완전히 지자, 촌장이 신호를 했다. 미륵 가면을 쓴 사내가 앞장서고, 미륵의 어린 자식들이 뒤따른다. 아이들은 나뭇가지를 가슴 앞에 모으고 몇 걸음 내디딜 때마다 무릎을 굽힌다. 실제 행렬 때는 조그만 깃발을 든다고 하는데, 연습 때는 비쭈기나무인 듯한 나뭇가지를 들고 있었다. 마을 어른들이 그 뒤를 따른다.

이윽고 행렬은 태고의 암흑을 연상시키는 공간 속으로 들어간다. 영혼들이 그 행렬을 함께하고 있다. 나무의 정령들이, 벌레의 정령들이 기쁨의 함성을 지르며 그 영혼을 에워싼다. 생명 있는 모든 것이 한자리에 모여 서로 밀고 당기며 왁자하게 떠들고 있다. 그 소리가 들린다. 그 환성이 들린다.

이것은 무엇일까. 이 세계는 무엇일까. 몸이 떨려 온다. 내가 없다. 나 자신이 사라져 간다. 오직 환희만이 몸을 뜨겁게 휘감아, 내가 나임을 자각할 수 있었다. 그때 나는 나 자신에게서 해방된 순간을 맛보았다. 지금껏 느껴 보지 못한 감동이 나를 감쌌다. 어느새 나는 눈물을 흘리고 있었다.

작은 거인

내가 오키나와에서 배운 것은 한마디로 생명에 대한 경외감이었다. 인간의 상냥함은 오직 거기에서만 생겨난다.

낙천성이란 생명을 사랑하는 정신 그 자체이다. 나는 아이들이 그것을 꿰뚫어 보고 있다는 것을 깨달았다. '어린이는 사상가'라고 했던 고미야마 료헤이 씨는 어린이의 감수성을 무엇보다 고귀한 인간 정신이라고 여겼으리라.

내 작품 중에 《잇짱은 말하고 싶어요》라는 것이 있다. 중증 정신 장애를 앓고 있는 구보 치아키와 함께 지내면서 배운 '상냥함은 인간을 변화시키는 힘'이라는 이야기를 전달하려 했던 작품이다.

잇짱은 얘기를 하고 싶지만, 얘기를 꺼내려 하면 가슴이 콩닥콩닥 뛰는 거예요. 애써 말을 하려고 생각하는데, 왜 이렇게 가슴이 콩닥콩닥 할까요? 땀이 나고, 목이 바싹바싹 말라서 아무리 해도 말을 할 수가 없습니다.

잇짱은 너무너무 슬퍼져요.

잇짱은 공기가 모자라는 금붕어처럼 입을 빠끔거려요.

눈에서 찔끔 눈물이 나요.

선생님도 친구들도 모두 걱정스레 잇짱의 얼굴만 바라봐요.

잇짱은 얘기를 하고 싶은데 말이에요.

이야기는 잇짱과 신참 선생님의 만남으로 시작된다.

으음, 역시. 이쿠코 선생님은 풋내기 선생님.

고우지가 점심을 먹지 않았어요. (중략) 고우지는 입을 꾹 다물고 이쿠
코 선생님을 노려보았습니다. 그러기를 열 번쯤.

이쿠코 선생님의 눈에 눈물이 핑 돌았어요. 어깨가 들썩거렸어요. 금
방이라도 큰 소리로 울어 버릴 것 같아요.

그리고 잇짱의 모험이 이어진다.

빨리, 빨리.

잇짱의 마음속에서 그런 목소리가 들렸습니다.

빨리, 빨리. 서두르지 않으면 선생님이 울어 버릴 거야.

잇짱은 가슴이 두근거렸습니다.

몸속에 북이 50개는 들어 있는 것 같아.

북소리가 점점 커지고, 이제 곧 몸이 터져 버릴 거야.

잇짱의 용기가 행동을 이끌어 낸다. 잇짱이 선생님을 창가로 데려간다.

잇짱은 이쿠코 선생님의 귀에 뭔가 속삭였습니다.

"응?"

잇짱은 다시 한 번 속삭였습니다.

"선 · 생 · 님 · 하 · 늘 · 의 · 구 · 름 · 이 · 찢 · 어 · 질 · 것 · 같 · 아 · 요."

이쿠코 선생님은 하늘을 보았습니다.

두터운 구름이 쫙 갈라지더니 푸른 하늘이 보였습니다.

따사로운 해님이 얼굴을 내밀고 있었습니다.

이쿠코 선생님은 잇짱의 손을 꼬옥 잡았습니다.

그리고 수줍은 듯이 웃었습니다.

잇짱도 수줍은 듯이 살짝 웃었습니다.

잇짱이 왜 그런 행동을 했는지 이해했을 때, 선생님도 변화한다.

이쿠코 선생님도 용기를 냈어요. 다시 고우지 곁으로 돌아왔죠. 숟가락을 들고, "자, 고우지." 하고 이번에는 생긋 웃으며 말했지요.

아이들이 과연 이 이야기를 이해할 수 있을까? 처음에 나는 그렇게 생각했다.

　나만의 생각은 아닐까? 아이들이 이 이야기를 재미있게 읽어 줄까? 그런 불안감이 있었다. 그러나 나는 내가 아이들을 얕잡아 보고 있었음을 뼈저리게 느꼈다.

　이 이야기를 읽고 아사쿠사 고지라는 일곱 살짜리 아이는 이런 글을 썼다.

　잇짱은 여자아이지만 나처럼 키도 작고 삐삐 말라서 귀여운 얼굴일 거예요.

　나는 틀림없이 그럴 거라고 생각해요. 왜냐하면 사실은 선생님이랑 너무너무 얘기하고 싶은데도 못하니까요. 뱃속에서 목구멍 있는 데까지 '선…….' 하고 올라오지만, 달리기를 하고 났을 때처럼 가슴이 뛰고 얼굴이 새빨개져서 고개를 숙여 버리니까요.

　잇짱은 틀림없이 착한 아이일 거예요. 하지만 잇짱은 좀 더 용기가 있어야 돼요. 우리 반 여자아이들은 모두 잇짱보다 강해서 좀 무섭지만요.

　잇짱은 화장실에 후닥닥 들어온 선생님이랑 꽝 부딪쳤어요. 보통 때처럼 잇짱은 눈물이 나올 것 같았어요. 선생님의 눈에도 눈물이 고여 있어서 잇짱이 '나랑 선생님은 똑같아.' 라며 기뻐하는 것을 읽고, 선생님도 오줌을 쌀 것 같아서 막 뛰었으니까 좋은 선생님인 것 같아서 나도 기뻤어요. 왜냐하면 나중에 잇짱이 선생님과 이야기를 할 수 있게 되었잖아요.

친구 고우지가 점심을 먹지 않고 선생님을 힘들게 해요. 그건 잇짱이 선생님이랑 이야기를 하지 않아서 선생님을 힘들게 했던 거랑 똑같다고 생각해요. 왜냐하면 고우지가 점심도 안 먹고 입을 꾹 다물고 선생님을 노려보고 있을 때 선생님 눈에 눈물이 고였잖아요.

화장실에서 나올 때 흘린 눈물이랑은 다르지만 둘 다 선생님의 눈물이니까 똑같아요. 그때 잇짱은 선생님의 손을 잡고 창가로 가서

"선생님, 하늘의 구름이 찢어질 것 같아요."

라고 말했어요. 나는 이 부분이 가장 마음에 들어요.

선생님한테 용기를 주어서 무지무지 기쁜데도 내 눈에는 눈물이 고였어요. 왜 그럴까, 무엇 때문일까? 하고 생각했어요.

그리고 나는 잇짱의 친구가 될 수 있다고 생각했어요. 《잇짱은 말하고 싶어요》를 읽고, 사람에게는 여러 가지 눈물이 있구나 생각했어요. 그래도 상냥한 눈물이 제일 반짝반짝 예쁘게 빛날 거예요.

— 제25회 독서감상문 전국대회 총리대신상 수상작

내가 45년이라는 긴 세월을 살고서야, 더구나 참담한 시행착오 끝에 어렴풋하게나마 이해했던 것을 겨우 일곱 살짜리 아이가 정확하게 꿰뚫고 있다.

어린이는 작은 거인이다. 어마어마한 힘을 지닌 인간으로서의 어린이, 스스로 성장하려는 한없는 에너지를 지닌 인간으로서의 어린이, 내가 어린이를 이런 존재로 보게 된 바탕에 오키나와가 있다.

무거운 짐을 짊어진 어린이가 어떻게 낙천적일 수 있는가. 고통스러운 인생을 사는 어린이의 내면이 어떻게 상냥함으로 가득할 수 있는가. 오키나와의 마음을 몰랐다면, 나는 영원히 여기에 대답할 수 없었을 것이다. 생명에 대한 경외감도, '치무구리사'도 내 속을 그냥 지나쳐 버렸을 것이다.

진정한 거인은 어떠한 절망 속에서도 자신을 사랑하고 남을 사랑할 수 있는 인간이며 그러기 위해서 싸울 수 있는 인간이리라.

나는 또 다른 작은 거인 이야기를 하려 한다.

구로다 마코토는 학교에서 으뜸가는 문제아였다. 화가 나면 덤프 트럭이 지나는 길에 드러누워 버리거나 빗물 홈통을 타고 높은 곳에 올라갔다. 점심시간에 화가 나면 급식 그릇을 내동댕이치기도 했다.

"마코토는 화가 나면 꼭 원자폭탄 같다. 마코토는 선생님한테 야단맞고 점심을 안 먹었다. 내가 밥 안 먹냐고 물으니까, 안 먹어! 하고 엉엉 소리내 울었다. 반찬 그릇을 팍팍 던지고 음료수 병도 내던졌다. 그러고는 흙 묻은 코딱지를 먹었다. 청소를 할 때도 바닥에 드러누웠다. 청소가 끝나도 누워 있었다. 먼지로 새까맣게 됐다."(구보타 신페이)

마코토의 1학년 때 담임은 젊은 여선생이었는데, 사흘에 한 번 꼴로 이 조그만 꼬마 때문에 울었다.

마코토는 2학년 때 우리 반이 되었다. 그때 학년 주임이 했던 말이 아직도 생생하다.

"이런 아이 뒤치다꺼리가 자네 취미 아닌가."

하지만 이 얘기는 덮어 두자.

내가 유심히 지켜본 결과, 마코토의 반항에는 그때 그때 이유가 있었다. 미술 시간에 다른 아이들이 그림 한 장을 그리는 동안 마코토는 석 장을 그렸다. 1학년 때 담임은 그러지 못하도록 억눌렀던 모양이다. 음악 시간에 마코토는 놀기만 했다. 그러다가 수업을 5분 남기고 뭐든 좋아하는 노래를 불러 보라고 하면 갑자기 적극적으로 변한다. 마코토는 재즈를 좋아했다.

제멋대로라면 제멋대로인 아이였다. 그러나 미술 시간에 마음에 드는 색이 잘 안 만들어진다고 우는 마코토를 보자, 그저 뭐든지 제멋대로만 하려는 버릇없는 아이는 아니라는 생각이 들었다.

마코토는 조그만 종이로는 만족하지 못해 점점 더 커다란 종이를 찾았다. 마침내 베니어 합판에 걸쭉한 그림물감으로 액션 페인팅을 시작했다. 그때 마코토는 활기가 넘쳤다.

마코토가 글을 쓰게 된 것은 야외 글짓기 대회 때 딱지를 빼앗길 뻔했던 일 때문이었다.

딱지

딱지는 재미있으니까
못하게 하면 안 돼

나는 딱지를 못하게 하면

밥 안 먹을 거야

나는 딱지가 없으면

공부도 안 할 거야

딱지가 없으면

나는 죽는 게 나아

나는 딱지를 찢으면

아무것도 안 할 거야

딱지는 내 친구니까

찢으면 안 돼

이어서 봇물이 터진 듯 다양한 표현을 쏟아내기 시작한다.

흉내

모두가 몰래몰래 옆 사람의

'그림'이랑 '시'를 흉내 내지만

나는 흉내 내는 게 제일 싫어

남이 발명한 것을

그대로 따라 하는 건 나빠

모두의 마음속에는

검은 옷을 입은 흉내쟁이 귀신이
히히히 웃으며 살고 있을 거야

겨우 여덟 살짜리 아이가 이렇게까지 스스로를 정화하며 살고 있
다. 생명의 아름다움은 이런 세계에서 진정한 빛을 발하지 않을까.

아빠

우리 아빠는
새까만 옷이랑 바지를 입고 있지만
깔보지 마
우리 아빠가 없으면
공장이 안 돌아가
새까만 옷이랑 바지를 입고 있지만
월급은 많아
우리 아빠를 깔보면
용서 안 해
평사원인 줄 알면 착각이야
우리 아빠는 얼굴이 까매서
다들 무서워하지만
별로 안 무서워

다른 집 아빠보다 상냥해

어느 날 마코토는 황당한 일을 벌인다. 갖가지 형태의 상자를 갖가지 끈으로 자유롭게 묶는 조형 놀이의 일종인 '묶기 그림' 시간이었다.

"뭐든지 묶어도 돼요?"

"응."

내가 대답하자, 마코토의 얼굴이 환해졌다.

마코토가 하려던 일은 학교를 묶는 것이었다. 어이없어하는 우리를 곁눈으로 보면서, 마코토는 의기양양하게 학교를 밧줄로 묶기 시작했다.

나는 마코토의 행동에서 한없이 뻗어나가는 힘을 본다. 마코토의 생명력이 힘차게 약동할 때, 인간의 무한한 가능성과 창조의 의미가 구체적으로 드러난다. 그것은 인간이 완전한 자유를 획득했을 때 연소되는 생명의 불꽃이다. 고통스러운 말이지만, 교육은 마코토를 짓누름으로써 그것이 비교육적 행위임을 스스로 증명하고 있었다.

오키나와에 대해서도 똑같은 말을 할 수 있다. 끊임없이 짓눌려 온 오키나와가 일본의 생명을 소생시킨다. 근대 문명 속에서 정신성을 잃은 현대인이 한 생명의 존재 의미를 생각함으로써 인간으로 소생한다. 우리는 오키나와로부터 그것을 배운다.

오키나와의 마음과 어린이 마음의 공통점은, 현대인이 껴안을 대지를 갖지 못한 채 조국 상실과 감정 상실의 늪에 빠져 있을 때 번영이나 영화와는 무관한 곳에서 끊임없이 타인을 사랑하고, 투쟁하는 영혼을 사랑했다는 점이다. 그들은 결코 가해자였던 적이 없다.

생각해 보면 너무 먼 길을 돌아왔다. 아이들 곁으로 돌아가자. 나는 그렇게 생각했다. 이런 결심을 하게 해 준 오키나와여, 당신은 영원한 나의 은인이다. 그리고 나의 오키나와는 오늘부터 새로 시작된다. 이 길을 계속 걸어감으로써만이 당신이 베푼 은혜의 1만 분의 1이나마 갚을 수 있으리라.

내 인생이 아이들의 상냥함에 의지하고 있었다면 그 과정을 글로 적어 두어야 한다. 그것이 적어도 아이들의 은혜에 보답하는 일이라고 생각했다.

나는 10년이 넘도록 글이라고는 한 줄도 쓰지 않았다. 나에게 문학은 돌아보기도 역겨운 구토물과도 같은 것이었다. 그러나 나는 펜을 들었다. 그렇게 해서 《나는 선생님이 좋아요》가 나왔다.

거기서 그칠 생각이었다. 더 이상 문학에 야망을 갖는 것은 지긋지긋했다. 그러나 《나는 선생님이 좋아요》만으로는 형의 웃는 얼굴을 볼 수 없었다.

나는 문득 《나는 선생님이 좋아요》를 통해, 절망의 끝에서 희망을 찾을 수 있는 길이 없을까 생각했다. 그리고 그때, 형의 죽음을 글로 쓰고 싶어졌다.

그러나 그것은 지독한 이율배반이었다. 다른 것도 아닌 어린이 문학에 죽음으로 끝나는 이야기를 담는 것이 대체 가능하기나 한 일일까. 거대한 벽처럼 여겨졌다. 나는 며칠이고 그 거대한 벽을 노려보았다. 시련이라면 극복하고 싶었다.

작품이 작품을 낳았다고 해야 할까. 아니면 형이 이끌어 주었을까. 나는 《태양의 아이》를 연재하기 시작했다.

글을 쓰는 고통이 단숨에 나를 덮친다. 형의 체질을 물려받은 것인지 가끔 발작이 엄습했다. 그 고통은 끔찍했다. 갑자기 공포가 몰려온다. 사람이 있어도 무섭고 없어도 무섭다. 병적으로 식욕이 떨어지고 위와 심장에 심상치 않은 고통이 따른다. 발작적으로 무슨 짓인가 저지를 것만 같은 공포가 몰려온다. 그 고통이 최고조에 달할 때 문득 불같이 뜨거운 것이 발끝에서 머리로 솟구쳐 올라, 한순간 정신이 아득해진다.

오사카 역에서 쓰러진 적이 있다. 친구에게 전화를 걸려고 했지만, 자신의 이상 상태를 이야기하는 것이 또한 무서웠다. 나는 신음했다. 그저 신음할 뿐이었다.

나는 이를 악물고 가까스로 고통을 참았다. 어느 정도 고통이 가신 뒤, 나는 비명을 지를 뻔했다.

이럴 수가!

그때까지 형의 죽음에 대한 유일한 위안은, 형은 정신 착란 상태에서 죽었으니까 죽기 전에 고통을 받지는 않았을 거라는 믿음이었다. 갖가지 법의학 책을 뒤져, 목을 매 죽는 경우에는 고통이 따르지 않는다는 것도 알았다. 얼마나 거만한 생각인가.

"지옥에 떨어져야 해. 좀 더 고통을 줘. 좀 더 고통을!"

발작을 할 때마다 나는 이렇게 절규했다. 이 고통을 이겨내야 형의 고뇌에 가까워질 수 있다고 생각했다.

《태양의 아이》에 오키나와의 고뇌를 온몸으로 떠안고 있는 소년 기요시가 나온다. 어머니의 고뇌를 알려고 하지 않았던 죄를 처음 깨달은 날, 기요시는 예전에 함께 어울리던 패거리의 습격을 받는다.

그들에게 얻어맞으면서 기요시는 한 줄기 눈물을 흘리며 중얼거린다.

"엄마도 고통 받았어."

한 잡지에 나는 이런 글을 썼다.

"《태양의 아이》를 완성했을 때 맨 처음 머리에 떠오른 것은, 나는 더 이상 글을 쓸 수 없을 거라는 생각이었다. 작품 속에서 내가 살고, 살아내고, 그리해서 생명이 끝난 느낌이었다. 이런 생각이 드는 것이 글 쓰는 이에게 행복한 일인지 불행한 일인지 잘 모르겠다."

나는 수많은 아이와 만나고 또 헤어졌다. 그 한 아이 한 아이의 얼굴이 나를 부른다.

선생님 빨리 오세요

선생님이 안 오니까

쓸쓸해서 쓸쓸해서

못 견디겠어요

선생님 빨리 오세요

오세요 오세요 오세요 오세요 오세요 오세요

나는 이제야 아이들 곁으로 돌아왔다. 멀고 먼 길이었다.

'민들레' 시인

나를 아이들 곁으로 돌려보내 준 것은 오키나와였다.

이제는 나에게 아이들의 마음을 심어 준 사람들 이야기를 해야겠다. 그들은 바로 〈기린〉의 창시자인 다케나카 이쿠, 사카모토 료, 아다치 겐이치 들이다. 이 분들이 없었다면 지금의 나는 있을 수 없으리라.

지금은 돌아가신 사카모토 료 씨(선생님이라고 불러야 마땅하겠지만, 내게는 '씨'이지 '선생님'이 아니다. 세 분 모두 상냥한 사람이었다.)를 중심으로 기억을 더듬어 본다.

봄

멀리 산마루 꼭대기 밭
저기 보이는 것은 어머니일까
새일까

교과서에 실린 위의 시로 사카모토 료의 이름은 잘 알고 있으리라 생각한다. 참고로 《현대 시인 전집》에 실린 사카모토 료 씨의 소개글을 옮겨 본다.

사카모토 료

1904년 효고 현에서 태어났다. 아사히 신문사의 사회부, 학예부 기자, 논설위원 등을 거쳐 퇴사했다. 구사노 신페이 등과 함께 '징' 및 '선구' 의 동인으로 작품을 발표했다.

저서로는 시집 《민들레》(1927)와 소설집 《농민 이야기》 등이 있는데, 소설 역시 산문시 풍이다. 《민들레》 속의 작품은 하리마 지방의 사투리를 농민적 감각으로 잘 살린 것으로, 작품 전체에서 농민의 정서와 다소 무정부주의적 정서가 느껴진다.

그 뒤, 동시와 글짓기 운동에 힘쓰며 오사카에서 다케나카 이쿠와 함께 잡지 〈기린〉을 장기간 발간하고 있다. 이 방면의 저서로 《어린이 시와 글짓기》 등이 있다.

'다소 무정부주의적인 정서' 라고 하는데, 글쎄 그럴까…….

고미야마 료헤이 씨는 〈기린〉의 어린이 시와 그대로 통하는 시라는 평과 함께 사카모토 료 씨의 작품 몇 편을 〈기린〉 220호에 실었다.

양지

어머니는 눈물을 흘리며
양지에 쭈그리고 앉아
졸음풀을 태웠다

나는 세상에 신이 어디 있냐고 생각한다

엄마 배 좀 눌러 줘

좀 더 밑에
조금 더 밑에
응
거기 거기
거기가 아파
창자가 꿈틀거렸어

22세의 가을

오시이짱 이거 봐
메뚜기가 엉덩이랑 엉덩이를 딱 붙이고 있어
엉덩이 구멍에 뭔가를 끼워 넣고 있어
너는 아래쪽 메뚜기를 잡고 있어
나는 위쪽 메뚜기를 잡아당길게
자!
당긴다!

봄

어머니는 홀로
산마루 꼭대기 밭에서 괭이자루에 기대어
넓은 하늘에
작은 몸을
둥실 띄우고
온 하늘에 퍼지는 종달새 소리를
가만히 듣고 있다
마을에서 소가 울자

가만히 여운에 귀 기울인다

커다란 아름다운
봄이 돌아올 때마다
어머니가 나이 드는 것이
눈에 보이는 듯해 슬프다
어머니가 보고 싶다

고미야마 료헤이 씨는 이 시들을 언급하며 《민들레》의 선구적 성격을 평가하고 "이 작품을 기점으로 《민들레》에서 〈기린〉으로 한 걸음 내디딘 시인의 궤적에서 지금도 여전히 새로운 톨스토이의 고뇌를 연상하는 것은 부당한 일일까요?"라고 했다.

내가 어린이문학을 하게 된 가장 큰 동기는 사카모토 료 씨 때문이다. 이렇게 말하면 사카모토 료 씨의 작품 중에 《오늘도 살아서》나 《무지개, 새하얀 비둘기》 같은 어린이문학이 있다는 사실을 떠올리는 사람이 있겠지만, 그런 것에 직접적인 영향을 받은 것은 아니다. 《오늘도 살아서》는 1953년 12월호에서 1959년 10월호까지 6년간 70회에 걸쳐 '신'이라는 제목으로 〈기린〉에 연재했던 것을 묶어낸 책이다. 연재 중에 애독자가 된 나는 항상 〈기린〉을 목 빠지게 기다렸지만, 이 작품을 동경해서 어린이문학을 한 것은 아니다. 물론 사카모토 씨가 나에게 어린이문학을 쓰라고 권한 것도 아니다.

진정으로 지대한 영향력은 주는 사람도 받는 사람도 전혀 깨닫지 못하는 사이에 발휘되는 것인지 모른다. 같은 말을 자꾸 되풀이하게 되는데, 예를 들어 나는 17년 동안 교사로 지내면서 내 인생의 중요한 부분을 아이들에게 배우고도 그 사실을 깨달은 것은 교육 현장을 떠나 오랜 방랑 생활을 한 뒤였다.

나의 우둔함 탓에 사카모토 씨와의 만남도 이와 비슷했다. 지금 생각하면 나는 눈에 보이지 않는 거대한 힘에 의해 움직이고 있었던 것 같다.

《오늘도 살아서》에 대해 조금 말해 둔다. 사카모토 료 씨 자신의 말을 빌리면, 이 이야기는 세 모자의 극빈기이다. 사카모토 씨는 1965년에 〈주간 독서인〉의 요청으로 '나의 어린이문학'이라는 짧은 수필을 썼는데, 그 내용을 소개한다.

《오늘도 살아서》는 〈기린〉에 연재했던 것으로, 당시 오사카의 몇몇 초등학교에서는 잡지가 나오기를 이제나저제나 기다리는 아이들을 위해 잡지가 나오면 조례 시간에 전교생에게 읽어 주었다고 한다. 또 깊은 산골인 교토 부 구마노 군 가와카미 초등학교 4학년생인(당시) 다나카 도시히코라는 아이는 나에게 이런 편지를 보내 왔다. "지로(《오늘도 살아서》의 주인공), 힘들면 도와달라고 편지해. 그러면 내가 도우러 갈게. 도와달라는 편지를 보낼 돈이 없으면 말해. 우리 집에 10엔짜리 우표랑 5엔짜리 엽서가 있으니까 줄게. 공짜로 줄게." (중략) 나의 오랜 인생 경험으로 볼 때, 인생을 한결같이 아름답게 살아가는 사람은 가난한 사람들이며 가장 밑바닥 인생을 사는 사람들이다. 부유한 토양에서는 진정으로 아름다운 이야기의 꽃이 피어나지 않는다. 그러니 내 아내와 아이들이 아무리 가난 이야기를 싫어해도 나는 내 체질에 맞는 가난 이야기를 앞으로도 계속 쓸 것이다. 나는 지금까지 장편 3편, 단편 20편 정도를 발표했지만 대상을 어린이에 한정하고 쓴 적은 없다. 오히려 어른을 염두에 두고 쓴 것이 더 많다는 말이 옳을지도 모른다. 앞으로도 어린이와 어른이 함께 읽을 수 있는 글을 쓰고 싶다.

현재 단행본으로 남아 있는 《오늘도 살아서》는 70회에 걸쳐 〈기린〉에 연재되었던 '신'과 내용이 다르다. 책으로 펴내면서 분량을 줄였기 때문이다. 사카모토 씨는 그것이 몹시 불만인 듯했다.

사카모토 씨는 이 작품을 비극으로 끝맺으려 했던 모양이지만 출판사 쪽에서 어린이 책이라고 반대하는 바람에 결국 생활에 지친 지로(주인공)의 어머니가 야산을 헤매는 장면에서 끝맺었다. 사카모토 씨는 그 점을 매우 아쉬워했다.

고베의 한 식당에서 사카모토 씨가 그 이야기를 하며

"하이타니 씨는 어떻게 생각하십니까?"

하고 물어서, 내가 의견을 말하자

"그렇죠? 제 생각도 마찬가집니다."

하고 보잘것없는 내가 대단한 응원군이라도 되는 양 기뻐했다.

만약 사카모토 씨가 살아 계신다면 내가 《태양의 아이》를 후짱 아버지의 자살로 끝맺은 것을 두고 어떻게 말할까 생각하곤 한다.

내가 처음 사카모토 료 씨를 만난 것은 〈기린〉 편집자인 호시 호로 씨와 우키타 요조 씨를 따라 간사이 학원대학 동창회실을 찾아갔을 때이다. 그때 사카모토 씨는 '신'의 원고를 끝내지 못해 우리를 기다리게 해 놓고 부지런히 원고를 썼다. 호시 씨는 "동창회장 같은 쓸데없는 일을 안 하면 훨씬 뼈기면서 글을 쓸 수 있으련만……." 하고 잔소리를 했다.

호시 씨는 사카모토 씨는 사람이 너무 좋아 탈이라고 했다. 부탁을 받으면 거절하지 못하는 그의 성격을 진심으로 걱정했다. 사카모토 씨를 아버지 같은 존재로 여기고 있었기 때문이다.

그때 나는 사카모토 씨와 호시 씨는 행복한 사람이라고 생각했다. 아다치 겐이치 씨는 두 사람을 곧잘 '인생파'라고 했는데, 호시 씨와 다케나카 이쿠 씨를 비롯해 〈기린〉 사람들은 더없이 상냥했다.

언젠가 나는 다케나카 이쿠 씨한테 '힘든 삶'이라는 글자가 적힌 상자를 받은 적이 있다. 안에는 스웨터와 셔츠가 들어 있었다. 짚이는 게 있어서 아다치 겐이치 씨에게 전화를 걸었다. 아다치 겐이치 씨가 사정을 알아보고 이내 다시 전화해 주었다.

"자네가 양말도 안 신은 채 추운 고베 거리를 돌아다니니까, '힘든 삶'이라고 써서 은근히 선물을 한 거야. 자네가 상처입지 않게 배려한 거지. 다케나카 씨의 마음이니 소중히 받게."

내가 학교를 그만두고 당장 내일 먹을 쌀도 없던 시절의 이야기이다.

다케나카 이쿠 씨와 사카모토 료 씨는 한 달에 한 번씩 오사카와 고베에서 '어린이 시 모임'을 열었다. 오사카에서는 호시 씨가, 고베에서는 우키타 씨가 함께했다. 지금 생각하면 수많은 어린이에게 둘러싸여 있던 그때가 두 사람에게 가장 행복한 시절이 아니었나 싶다.

다케나카 씨는 옷차림이나 말씨가 세련돼서 아이들에게 인기가 많았다. 반면에 사카모토 씨는 조금 촌스러웠다. 다케나카 씨가 이야기할 때 아이들은 웃거나 몸을 흔들며 온몸으로 감정을 표현했다.

한편 세련된 것과는 인연이 없는 듯한 사카모토 씨가 이야기를 시작하면, 아이들의 눈은 조용하지만 예리하게 반짝였다. 사카모토 씨의 성실하고 정직한 성품을 아이들 나름대로 받아들였던 것이다. 두 사람은 절묘한 조화를 이루고 있었다.

아이들 뒤에서 다케나카 씨와 사카모토 씨의 이야기를 듣고 있던 나는 세상에서 둘도 없이 귀중한 공부를 한 셈이다.

아무것도 모르는 나는 터무니없는 질문을 했다가 다케나카 씨에게 호된 꾸중을 들은 적도 있다.

우리 반 아이가 물에서 건져 손바닥 위에 올려 놓은 올챙이를 보고 감기에 걸렸다고 표현했는데, 다케나카 씨의 점수가 너무 야박했다.

"딱 그런 느낌이에요. 좋은 표현이라고 생각하는데……."

내가 못마땅해서 중얼거리자, 다케나카 씨는

"읽는 사람에게 그 감촉이 전해지도록 쓰지 않은 것은 표현이라고
할 수 없어."

하고 큰 소리로 호통쳤다.

나는 사카모토 씨로부터 두 갈래 길을 통해 많은 것을 배웠다. 하
나는 문학을 통해, 하나는 어린이를 통해서. 그리고 그것은 결국 하
나의 길이었다.

나는 한 신문사의 공모전에 뽑혀 활자화된 단편 소설 몇 편을 사카
모토 씨에게 보냈다. 사카모토 씨는 그것을 꼼꼼히 읽고 비평한 장문
의 편지를 보내 주었다. 지금도 소중히 간직하고 있다.

그 글 중에 잊을 수 없는 말이 있다. 자연스러운 것만큼 좋은 것이
없는데도 근대 문학은 자연 묘사에 지나치게 주력했다는 내용의 말
이었다. 사카모토 씨는 나에게 인간에 대해 쓰라고 했다. 《민들레》의
작가로서 실로 대담한 발언이 아닌가.

"누구나 쓰는 것은 쓰지 마라." 사카모토 씨는 이런 말도 했다.
'성(性)'을 이야기하는 문학이 유행하던 시절이었다. 누구나 '성'에
관심이 있다, 거기에 편승해서 안이하게 글을 쓰는 것은 타락한 작가
가 하는 일이라고도 했다. 20여 년 전의 말이지만 여전히 의미 있는
말이다.

나는 지금 생각한다. 사카모토 씨는 그때 내 속에, 그리고 내 작품 속에 흐르는 허약한 체질과 거만한 생각을 은연중에 깨우치려 했다고. 그렇기에 문학에 대한 깊은 이야기를 하기보다 어린이들의 뛰어난 시와 글을 읽어보라고 했던 것이다.

사카모토 씨는 왜 내게 "내 마음속의 악마가 착한 마음이 든 금고의 뚜껑을 닫고 있는 게 틀림없어요. 그래서 나는 안 돼요."라는 글로, 도둑질을 한 자신과 철저하게 마주했던 어린 영혼과 "소의 다리를 짚으로 문질러 주니까 눈물이 마음속에서 울고 있습니다."를 비롯해 소에 관한 시 82편을 쓴 소년의 마음을 응시하게 했을까.

분명 사카모토 씨는 내게 상냥함의 의미를 생각하게 하려 했다. 아이들에게 배울 세계가 있다는 것을 깨우쳐 주려 했다. 나는 20년이 지나서야 겨우 그 의미를 이해하기 시작했다. 얼마나 못나고 어리석은가.

내 작품 《나는 선생님이 좋아요》와 사카모토 씨의 작품 《오늘도 살아서》가 비슷하다고 말하는 사람이 있었다.

나는 어? 하고 생각했다.

역경 속에서도 열심히 살아가는 아이들, 《오늘도 살아서》의 야마네 지로는 《나는 선생님이 좋아요》의 우스이 데쓰조이다. 《나는 선생님이 좋아요》의 고다니 선생은 《오늘도 살아서》의 오쿠보 선생이다.

지로는 참새를 연구했고, 데쓰조는 파리를 연구했다. 《오늘도 살아서》의 주제인 '인간은 고통에 의해 고통에서 구제된다'는 말은 《나는 선생님이 좋아요》 속에도, 《태양의 아이》 속에도 살아 있다.

그랬구나. 내가 어린이문학을 하도록 이끈 사람은 사카모토 료 씨였구나. 나는 두 손 모아 머리를 조아렸다.

〈기린〉 219호와 220호는 사카모토 료 씨의 추도호였다. 여기에는 '꽃 두 송이를 넣어 둡니다' 라는 아다치 겐이치 씨의 글이 실려 있다. 이 글에서 아다치 씨는 사카모토 료 씨의 '유서' 내용을 언급하며 사카모토 료 사상의 본질을 훌륭하게 꿰뚫는다. 투명하리만큼 이성적이며 아름다운 글이다.

료 씨는 더없이 느긋한 사람이었습니다. 하지만 료 씨의 '느긋함' 은 흔히 말하는 '느긋함' 과 다릅니다. 어떤 일에도 흥분하거나 긴장하지 않고, 자신을 내세우지 않은 채 마음속에 어떤 일정한 거리를 두고 사물을 찬찬히 바라보고, 생각하고, 행동하는 태도라고 할까요?
료 씨의 첫 시집 《민들레》에 실린 구사노 신페이 씨의 서문에 이런 말이 있습니다.

그는 깃발을 들지 않은 과묵한 반역자이며 과묵한 노동자다.
넘치도록 흐르는 사랑으로 그는 큰 소리를 내지 않는다.
그의 눈 속에 들어간 모든 것은 사랑으로 환원되어 고통스럽다.

이것은 료 씨에 대한 매우 훌륭한 평이라고 생각합니다. 료 씨는 과묵

하며, 깃발을 흔들거나 큰 소리를 내는 일이 없었습니다. 평소 생활도 그랬지만 시 역시 마찬가지입니다. 그러나 자신을 내세우지 않는 것은 그 바탕에 깊고 두터운 사랑이 있었기 때문입니다. 그는 권위라고 불리는 '대단한 것'에 마음 깊이 저항했습니다. 느긋해 보이지만 그저 느긋하지만은 않습니다. '깃발을 들지 않은' 과묵한 반역자가 느긋해 보이는 것일 뿐입니다. 료 씨의 시와 유머는 그 느긋함에서 비롯됩니다.

료 씨의 동화에도 이런 점이 잘 드러나 있습니다. 예를 들어 《오늘도 살아서》의 주인공들에게는 끊임없이 고난이 닥칩니다. 보통 사람이 이런 글을 썼다면 단지 우울하고 비참할 뿐이겠지요. 하지만 《오늘도 살아서》에서는 이상하게도 유머와 온기가 느껴집니다. 그것은 료 씨 자신의 말처럼 '느긋함' 때문이라고 생각합니다.

어제 일처럼 선명히 떠오르는 기억이 있다. 사카모토 씨가 머나먼 여행을 떠나기 얼마 전, 나는 호시 씨와 함께 고도엔에 있는 사카모토 씨 댁에 문병을 갔다. 사카모토 씨가 웃으며 말했다.

"텔레비전은 죄를 만들어요. 맥주를 그렇게 맛나게 마시다니 말이야. 한 모금 마시고 싶은 생각이 간절하다니까."

옆에서 부인이 웃었다. 지금은 두 분 다 세상을 뜨셨다.

배움

사카모토 료 씨가 내 속에 풍요로움을 심어 주었던 이른바 땅의 사람이라면, 하야시 다케지 선생님은 모든 생명이 지닌 존재의 의미를 '배움'을 통해 가르쳐 준 하늘의 사람이다.

원래 이런 말투를 누구보다 싫어하는 분이 하야시 선생님이다. 그러나 내게 하야시 선생님은 바로 그런 사람이었다. 폐가 되는 줄 알면서도 하야시 선생님과 닿아 있는 나 자신에 대해 쓴다. 이것은 《내가 만난 아이들》의 근원에 가 닿는 일이기도 하다.

하야시 선생님이 미야기 교육대학 학장 시절에 초등학교 수업을 맡으셨던 일은 나도 알고 있었다. 조금 뒤의 일이지만 당시 문부대신이 하야시 선생님의 수업을 참관했다는 뉴스를 들었을 때, 나는 하야시 선생님의 '인간에 대하여' 라는 수업을 말하는구나 짐작했다. 짐작했다고 표현한 이유는, 하야시 선생님을 존경하던 히라오 요시노리라는 친구로부터 하야시 선생님의 실천 활동에 관한 이야기를 몇 번 들었기 때문이다.

그런 소극적인 자세에서 발전하여 하야시 선생님과 선생님의 수업 내용을 알고 싶다고 생각한 것은 하야시 선생님이 아사히신문에 기고한 글 때문이었다.

하야시 선생님은 1975년 5월 15일부터 17일까지 오키나와의 구모지 초등학교에서 수업을 했다. 하야시 선생님은 그때 일을 이렇게 썼다.

4학년들에게는 비버가 댐이나 집을 짓는 것과 사람이 댐 등을 만드는 것이 어떻게 다른지 생각해 보라고 했다. 이런 글을 쓴 아이가 있었다. "선생님께서는 사람은 늘 생각해야 하고 그 생각에는 끝이 없다는 걸 가르쳐 주셨다고 생각했습니다. 아주 중요한 것을 배운 듯한 느낌이었습니다."

또 한 아이는 이런 감상을 내게 선물했다.

"지금도 하야시 선생님과 공부할 때 기억이 마음에 남아 있습니다. 하야시 선생님은 우리와 좀 더 공부하고 싶었는지 모릅니다."

정말 말 그대로이다. 나는 지금 당장이라도 오키나와로 날아가고 싶다. 수업 시간에 보인 아이들의 반응은 본토 아이들보다 수준이 현격히 높고 알차며 깊이가 있었다. 나와 동행했던 오노 시게미의 사진이 이 점을 뚜렷이 뒷받침해 준다. 이것은 아이들만의 문제가 아니다. 근본적으로 그 아이들이 자란 세계, 곧 오키나와의 역사와 문화, 그리고 인간의 문제와 관련이 있으리라. 우리가 껍데기뿐인 번영 속에서 무심코 버린 것, 즉 둘도 없는 역사 유산과 인간의 성실함을 오키나와 사람들은 소중히 지켜 왔다. 그것이 전쟁과 점령을 거치며 지금도 그들의 삶 속에서 살아 숨쉬며 그들을 규정하고 있는 것은 아닐까.

오키나와는 우리에게 일종의 향수를 불러일으킨다. 그곳에는, 인간의 삶에 결코 없어서는 안 되는 것을 상실한 우리 사이에 만들어진 공허를 메울 수 있는 뭔가가 있기 때문이리라.

나는 이 글을 읽고 매우 놀랐다. 내가 2년간 오키나와를 떠돌며 나의 절망을 응시하는 과정에 어렴풋하게나마 파악한 것을 이 사람은 오키나와 아이들을 통해 한순간에 꿰뚫어 본 것이다.

오키나와를 통해 아이들에게 돌아가고자 한 인간과 아이들을 통해 오키나와의 본질을 꿰뚫어 본 인간 사이에는 근본적으로 교육에 대한 인식의 차이가 존재한다는 생각에, 나는 두려웠다. 배움의 의미를 이제 겨우 깨닫기 시작했다고 여기던 내 생각이 근본부터 뒤집혀 버릴지 모른다는 예감 때문이었을까.

내가 하야시 선생님을 만난 것은 그로부터 얼마 지나지 않아서였다. 하야시 선생님의 말을 빌리면, "나는 오키나와를 거쳐 미나토가와(고베 시에 있는 고등학교 - 옮긴이)로 갔다. 오키나와로 가게 했던 것과 똑같은 힘이 나를 미나토가와로 보낸 것 같다."던 시기였다.

하야시 내가 하이타니 씨를 처음 본 것은 1973년 10월 효고 해방연구회 정기 모임 때로, '수업의 가능성에 대하여'라는 강연을 할 때였는데…….

하이타니 그때 인사드렸죠.

하야시 사실 어떤 인사를 나눴는지는 잘 기억나지 않지만, 강연 내내 하이타니 씨가 서 있었다는 것은 기억나요. 그래서 하이타니 씨가 왜 서 있는지 히라오 씨에게 물어봤던 것 같아요. 직접 묻지는 않았죠. 딱히 친한 사이가 아니었으니까. "하야시 선생님이 서서 말씀을 하시는데 앉아서 들을 수는 없다."고 했다는 말을 히라오 씨한테 전해 듣고 뭐랄까, 이 사람, 지독하게 의리 있는 사람이구나 (웃음) 싶었다고나 할까? 아무튼 그게 첫인상이었지.

하이타니 네에, 그랬군요……. 그리고 두 번째로 뵌 것이 미나토가와에서 수업을 하실 때였죠. 그때는 서 있지 않았어요. 학생들과 함께 앉아 있었죠.

하야시 서 있으면 참 난처해요. 수업하기가 아주 껄끄럽거든요.

하이타니 맞아요. 선생님들이 곧잘 뒤에 서서 수업을 듣곤 하는데, 그 바람에 수업을…….

하야시 망쳐 버리니까…….

하이타니 네, 그런 느낌이에요…….

– 대담 《가르침과 배움》에서

하야시 선생님과 두 번째로 만난 것은 내가 미나토가와 학생들 틈에 끼어 선생님의 수업을 들을 때였다. 수업 내용은 '인간에 대하여'

였다. 늑대 소녀로 불리던 카마라와 아마라 자매(1920년대 인도에서 한 선교사가 발견한 자매. 늑대 울음소리를 낼 뿐 인간의 말을 하지 못했다고 한다. - 옮긴이)의 삶을 통해 '인간이 인간일 수 있으려면'이라는 과제를 함께 생각하는 수업이었다.

이 수업 내용은 《교육의 재생을 바라며》라는 책과 사진집 《배움과 변화》에 거의 완벽하게 수록되어 있다. 하야시 선생님이 '기적이 일어났다'고 표현한 미나토가와의 수업은 대체 어떤 것이었을까.

박융장이라는 학생이 있었다. 어릴 때부터 '정박아'라고 불리며 차별을 당하고 살아온 젊은이였다. 그는 중학교를 졸업하고 직업 훈련 학교에서 인쇄 기술을 익혀 공장에 취직했지만 몸이 너무 허약해서 일을 제대로 할 수 없던 탓에 늘 거추장스러운 존재로 치부되었다. 평생 소외의 설움과 슬픔을 느끼며 살아온 사람이었다.

박융장은 책상 앞에 5분을 앉아 있지 못했다. 처음 하야시 선생님의 수업을 들을 때, 그는 손바닥으로 턱을 괴고 있었다. 그러다가 이윽고 수업 시간 두 시간 내내 등을 곧게 펴고 온몸으로 하야시 선생님의 강의를 듣게 되지만, 그 이야기는 일단 생략하겠다.

"대체 무슨 말을 하려는 거지?" 하는 얼굴로 하야시 선생님의 이야기를 듣고 있던 그의 내면에 어떤 변화가 생긴 것일까. 아마라의 죽음 앞에서 카마라가 흘린 한 방울의 눈물은 '여동생이 죽었을 때 눈물이 펑펑 나왔다'는 박융장의 감상문을 이끌어 냈다.

하야시 선생님께

2년 박융장

선생님, 안녕하세요? 선생님 수업 들어서 조따고 생각햇씁니다.

선생님 또 미나토가와에 오세요. 기다립니다. 트끼 조은 것은 늑대여
자 이야기가 조따고 생각햇씁니다. 나는 늑대여자가 인간 사회에 드
러온 이야기가 조따고 생각햇씁니다. 키스트 선생님이 데리고 와서
가르치는데, 우리하고 먹는 방버비 다른것이 조아씁니다.

숫까락이 아니고 혀로 먹고 손으로 지버먹엇지만 나중에는 숫까락으
로 먹게 되고 여동생이 죽엇을 때는 눈물 한 방울을 흘렷씁니다. 다른
사람 아페서 옷을 안 입고 이쓰면 부끄러워햇씁니다.

나는 아이들이 놀 때 혼자 따돌림밧았을 때는 눈물이 안 낫지만, 여동
생이 죽엇쓸 때는 다릅니다! 그때는 눈물이 펑펑 낫씁니다.

하야시 선생님 편지 주세요. 기다립니다. 안녕히 계세요.

다케우치 도시하루(연출가. 몸과 언어에 관한 저서가 많다. ─ 옮긴이)
씨는 하야시 다케지 선생님과 이야기를 나누면서 박융장의 변화에
대해 다음과 같이 말한다.

다케우치　수업이 시작되자, 선생께서는 곧바로 학생들에게 "인간의
아이를 인간이라고 할 수 있는가?"라고 물으셨죠. 그러자 한 학생이
"꼭 그렇다고는 할 수 없어요."라고 말했어요. 왜냐고 물으니까 "인간

은 환경에 따라 달라지니까요."라고 대답했죠. 너무나 절실한 느낌이랄까, 그들이 살면서 보았던 현실을 그대로 말하고 있구나 싶었습니다. 그 말 속에는 이미 선생이 건네려는 이야기의 세계가 들어 있었죠. 단 부정적인 형태로 말이죠. 이어서 카마라 이야기가 시작되는데, 저는 책을 읽으면서 학생들이 카마라와 자신을 동일시하고 있다는 생각이 강하게 들더군요. 역시 그전까지 선생께서 가르쳤던 초등학교 아이들과는 많이 다르다 싶었어요. 내가 볼 때, 학생들은 카마라가 놓인 상황보다는 카마라의 외로움을 자신의 그것과 동일시한 것 같았어요. 자신이 자란 늑대 사회에서 억지로 끌려나와 인간 사회에 융화되지 못하는 카마라의 외로움에 깊이 공감한 거죠. 책 뒷부분에 박용장의 글이 실려 있잖아요. '여동생(아마라)이 죽었을 때는 눈물 한 방울을 흘렸습니다…….' 라는.

하야시 그래요. 박용장은 따돌림을 당했을 때는 눈물이 나지 않았지만, 여동생이 죽었을 때는 눈물이 펑펑 나왔다고 했죠. 카마라 역시 여동생 아마라가 죽었을 때 한 방울의 눈물을 흘렸고요. 따돌림을 당했을 때의 슬픔과 여동생이 죽었을 때의 슬픔이 잘 대비되지요.

다케우치 그 글을 읽었을 때 저는 가슴에 통증 같은 것을 느꼈어요. 박용장이 카마라에게 얼마나 깊이 공감했는지 알 수 있었어요. 카마라의 슬픔에 동화되면서 자신의 경험이 되살아나는 격렬한 마음의 움직임이 글 속에 가득 담겨 있었죠. (중략) 인간 사회로 들어가는 것이, 인간의 동료가 되는 것이 얼마나 고통스럽고 힘든 일인지 아는 학생들은 그 과정을 카마라와 끝까지 함께했다는 느낌이 강하게 전해졌어요. 학생들은 카마라의 고통스러운 상황과 고독감을 누구보다 깊이 이해하지 않았을까요? 인간 사회에 들어오기 위해 겪는 카마라의 고통을 그들이기에 훨씬 더 절실하게 느끼고 이해할 수 있었다고 생각합니다.

이런 변화가 박융장에게만 일어난 것은 아니다. 박융장네 반 대부분의 젊은이들과 함께 지낸 교사 니시다 히데아키 씨는 학생들의 변화를 각 학생의 성장 과정까지 포함하여 상세하게 기록했다.

"함석공인 그는 업무를 충분히 소화해 낼 수 없을 만큼 정신적으로 장애를 가진 젊은이다. 그 때문인지 중학생 시절에 늘 열등생 또는 문제아로 취급받았다. 그는 비길 데 없는 호인이다. 여러 사람과 함께 있을 때 주위의 부추김에 쉬 넘어간다. 주위가 소란스러우면, 그는 한결 흥분하여 과격한 행동을 한다."

이것은 니시다 히데아키 씨가 다나카 요시타카라는 학생에 대해 적은 글이다. 니시다 히데아키 씨는 이 학생이 미나토가와에서 과연 1년이라도 견딜 수 있을지 걱정스러웠다고 한다.

그러나 다나카 요시타카는 하야시 선생님의 수업을 듣고 딴판으로 변한다. 하야시 선생님의 수업을 듣고 "좋은 얘기야. 도움이 돼. 처음이야."라고 말했던 그는 박융장과 마찬가지로 수업 중에 배운 것을 자신의 피와 살로 만들어 나간다.

자기 아이를 키우는 것은 매우 힘들다고 생각합니다. 아이를 키우는 것은 힘듭니다. 젖먹이 때와 한 살 때는 부모가 하나씩 일일이 가르쳐야 하니까 매우 힘듭니다. 우리한테 지금 가장 중요한 것은 우리 아이입니다. 나는 이제야 한 가지를 알게 되었습니다. 딸이 언제까지나 건강하면 좋겠다고 생각합니다.

다나카 요시타카는 자신의 딸을 생각하며 카마라와 아마라 이야기를 듣고 있었던 것이다.

한번은 하야시 선생님과 부인이 다나카 요시타카의 아내와 딸을 만나 보고 싶다고 한 적이 있다.

"선생님, 아무리 말해도 우리 마누라가 믿지 않아요. 대학교 학장선생님이 왜 자기 같은 사람을 만나겠냐며, 농담도 정도껏 하라잖아요. 그래서 마구 화를 내니까, 그제야 너무너무 기뻐하며 저를 믿어 줬어요."

니시다 히데아키 씨는 이런 다나카 요시타카를 "이제는 반 학생들을 조직적으로 움직일 수 있는 유능한 학생이 되어 가고 있다."고 평가했다.

나카다 가요도 딴판으로 달라진 학생 가운데 한 명이다.

"가요가 수업 중에 벌떡 일어나 뒤돌아보며 떠드는 학생에게 말없이 턱을 한 번 치켜들기만 해도 교실은 이내 조용해진다……. 처음 입학했을 때, 가요는 수업 중에 곧잘 복도를 돌아다녔다. 움직임이 몹시 큰 아이였다. 교사가 뭔가 착각하고 다짜고짜 야단을 치면 일단은 얌전히 듣지만 결코 지시에 따르지 않는다. 같은 말을 몇 번씩 되풀이하면 별안간 '아유, 귀찮아!' 하고 성난 목소리로 외친다. 가요는 중학교 때부터 '무서운 여학생'이라는 꼬리표를 달고 있지 않았을까."

그런 학생이 딱 한 번 하야시 선생님의 수업을 듣고는 "이런 수업은 처음이라 흥미가 생겼는데, 수업을 듣다 보니 동화의 세계 속으로 들어가는 듯한 기분이 들어 어느새 선생님 눈만 쳐다보며 가만히 귀 기울이고 있었습니다……"라는 풍부한 감수성을 보여 준다.

사진집 《배움과 변화》에 시시각각 달라지는 나카다 가요의 표정이 고스란히 담겨 있다. 하야시 선생님의 수업을 몇 차례 듣고 난 뒤, 나카다 가요의 표정은 몰라보게 온화하고 부드러워졌다.

니시다 히데아키 씨는 다음과 같은 일화도 소개한다.

"미즈에 부인(하야시 선생님의 부인)을 화장실로 안내하라는 말에 (손님 앞에서 또 벌컥 화를 내면 어쩌나 내심 걱정스러웠다) 너무나 공손한 태도를 보여, 나는 깜짝 놀랐다. 나중에 들으니, 화장실이 어디인지만 가르쳐 달라는 부인의 말에 가요는 마침 자기도 가려던 참이었다면서 화장실까지 안내하고는 훌쩍 사라져 버렸다고 한다."

미나토가와에는 야간 학교에서 차별을 받고 떨어져 나와 가혹한 삶을 살아야 했던 젊은이가 많다. 그런 그들이 하야시 선생님의 수업

에 열중하고, 하야시 선생님에게 한없는 상냥함을 드러내 보인 이유
는 대체 무엇일까.

언젠가 하야시 선생님은 미나토가와의 선생님들 앞에서 고개를 숙
이고 고백한 적이 있다.

"거만하게도 저 혼자 힘으로, 저만 미나토가와에서 수업의 성과를
쌓고 있다고 우쭐거렸던 저를 용서해 주십시오. 미나토가와에서 제
수업이 이루어질 수 있었던 것은 선생님들께서 1년이고 2년이고 학
생들을 의자에 앉히고 수업을 듣도록 끊임없이 노력하신 결과였음을
절실히 깨달았습니다."

이런 고백을 하게 된 계기인 '수업이 될 수 없었던 수업'에서 하야
시 선생은 한 학생을 두고 이렇게 말한다.

"첫째 시간에는 수업이 시작되자 큰 소리를 내서 수업을 방해하던
학생이 원래 앉던 자리가 아닌 다른 자리에 앉아 있었습니다. 더구나
내 이야기를 듣고 있었습니다. 수업을 방해하는 친구들과 단절되지
않은 위치에 앉아 고개를 돌린 채 내 수업을 듣고 있었지요. 아마 그
자리가 다른 친구들과 일정한 관계를 유지하면서도 수업에 참가할
수 있는 유일한 위치였던 것 같습니다."

하야시 선생님은 또 다른 두세 가지 예를 든 뒤에 말한다.

"…… (학생들의) 갖가지 행동이나 말뜻을 제대로 읽어 내는 것은
굉장히 어려운 일이구나, 어지간해서는 읽어 낼 수 없겠구나 하는 것
을 새삼 느꼈습니다. 그것을 읽어 낼 수 있느냐 없느냐가 수업이 이

루어지는 데 매우 큰 의미를 갖는다고 생각했습니다."

내가 처음으로 하야시 선생님의 수업을 들을 때도 창 밖에 달린 종을 울려 수업을 방해하려던 학생이 있었다. 하야시 선생님은 그 학생에 대해 이렇게 말한다.

하이타니 '내가 당신 이야기(하야시 선생님의 수업) 따위, 들을 줄 알고?' 하는 표정이 역력했지만, 그런 태도를 끝까지 유지하지 못해요. 문득 수업을 듣고 있는 자신에게 화가 나서 선생님을 골려 줄까 생각하지만 다시 수업에 끌리고, 다시금 방해하는 일이 되풀이되었죠. 그러다 점점 수업을 방해하는 시간보다 수업에 귀 기울이는 시간이 길어져요. 저는 그때 선생님이 그 학생을 더없이 상냥한 눈으로 바라보시며 미소짓는 것을 보고 놀랐습니다.

하야시 아, 뭐, 그건 나도 마찬가지니까요(웃음). (이 말에 앞서, '그런 곳에 끈이 있다면 나도 그 끈을 잡아당겨 종을 울려 보고 싶었을 것'이라는 말씀도 하셨다.) 열심히 수업을 들으려는 학생과 그 아이처럼 수업을 방해하려는 학생을 다르게 대하는 재주가 내게는 없습니다.

내가 처음으로 만난 인간이었다.

가르침

"수업을 들으려는 학생과 방해하려는 학생을 다르게 대하는 재주 가 내게는 없습니다."

이 말을 듣고 나는 너무나 놀랐다.

하야시 다케지 선생님은 이런 말도 했다.

"나는 수업을 거의 전적으로 학생들에게 맡깁니다. 즉 학생들로 하여금 수업을 이끌어 나가게 하는 거죠. '설마 뭔가 계획이 있겠 죠?' 라는 말을 곧잘 듣는데, 나는 늘 '절대로 없어요.' 라고 대답합 니다(웃음). 교사의 의도대로 이루어지는 수업은 시시해요. 생각지 도 못한 아이들의 발언에 교사가 당황하면서도 어떻게든 해결 방법 을 찾으며 진행되는 수업이 사실은 좋은 수업이에요. 그럴 때, 허둥 거릴 수 있는 능력이 교사에게는 필요해요(웃음). 교사뿐 아니라 아 이들도 함께 허둥거리고 함께 좌충우돌하는 것은 좋은 일이에요. 교 사가 체면에 연연하면 자신이 대답할 수 있는 방향으로 문제를 억지 로 끌고 가 버리게 되지요. 그런 태도는 수업을 매우 빈약하게 만들어요."

하야시 선생님의 확신이자 이념인 '배움의 유일한 증거는 변화이다.'를 잘 말해 주는 이야기가 있다.

아시야 시민회관에서 수업을 할 때(1977년 5월 21일)였다. 하야시 선생님이 '천사 건달'이라는 별명을 지어 준 나카오 도시히로는 그날 평상복을 입고 수업을 받으려고 했다. 화려한 무늬에 어깨가 훤히 드러나는 파격적인 셔츠 차림이었다. 귀에는 폭주족이 애용하는 귀고리를 했는데, 그것 때문에 야간 고등학교 선생님과도 '빼라' '못 빼다'로 옥신각신 입씨름을 한 모양이었다. 결국 나카오 도시히로는 귀고리를 한 채 수업을 들었다.

그날 하야시 선생님은 소크라테스의 죽음을 통해 '박식한 것과 현명한 것'에 대해 생각해 보고자 했다.

사진집 《배움과 가르침》 52쪽에 수업을 듣고 있는 나카오 도시히로의 사진이 실려 있다. 그 사진에는 귀고리가 없다.

하야시 선생님은 이렇게 말한다.

"(사진집에 실린 나카오 도시히로의 사진을 보며) 정말 조용하고 맑은 표정으로 변해 갔어요. 그리고 이런 얼굴이 되지요. 바로 '천사가 된 건달'입니다. 사진을 보면 언제부턴가 귀고리가 보이지 않아요. 나도 깨닫지 못했는데, 아마코 선생이 '어, 언제 뺐지?' 하고 말씀하셔서 알았죠. 이 아이는 맨 앞줄에 앉았는데, 저는 이 아이 덕분에 수업이 가능했다고 생각해요.

흔히 말하는 불량 학생일수록 반응이 아주 민감해요. 감정을 숨김없이 드러내지요. 덕분에 수업하기가 훨씬 수월해요. 내 말이 학생들에게 어떤 식으로 전달되는지, 학생들이 내 말을 어떻게 느끼는지 바로바로 알 수 있으니까 그것에 맞춰 수업을 전개할 수 있는 셈이죠."

이 말에는 큰 의미가 있다. 명령으로 아이들을 변화시킬 것이냐, 스스로의 의지로 선택하고 자기 개혁을 일으키도록 아이들을 이끌 것이냐. 둘 중 어느 길을 택할지 교사에게 묻는 말이기 때문이다.

지금 여기에 인쇄물 한 장이 있다.

'올바르게 판단하고 행동하는 학생 – 자립으로 가는 길'이라는 제목인데, 중학생의 기본적인 생활 습관을 제시한 것인 듯하다. 이것은 K시의 한 중학교에서 학생들에게 나눠 준 것이다. '복장에 대하여'나 '외출에 대하여' 등 항목이 꽤 세부적이다. '교우 관계에 대하여'라는 부분을 소개하겠다.

어떤 친구와 어떤 교제를 하는지 자세히 알아서, 건전하게 교제할 수 있도록 해 주십시오.

아이들끼리 크리스마스 파티를 하거나 생일 파티(선물)를 하거나 학교에서 무단으로 모임을 만들지 않도록 해 주십시오.

남녀 학생끼리는 밝고 순결하고 절도 있게 교제하도록 하고, 특정한 상대와 단독으로 교제하는 일이 없도록 해 주십시오.

학교에서는 동급생 이외의 학생과 어울리지 않도록 지도하고 있습니다. 교외에서도 마찬가지입니다. 또 졸업생이나 무직 소년, 다른 학교 학생과는 어울리지 않도록 잘 지도해 주십시오.

친구 집에 여럿이 몰려가지 않도록 해 주십시오.

대중 목욕탕은 가까운 곳을 이용하고, 친구들과 함께 가거나 목욕탕에 너무 오래 있어서 타인에게 폐를 끼치는 일이 없도록 해 주십시오. 시간에도 충분히 주의를 기울여 주십시오.

다른 사람에게 폐를 끼치지 않도록 친구끼리 긴 통화를 하지 않도록 해 주십시오.

일반적인 감수성을 가진 중학생에게 이 한 장의 인쇄물은 흉기와 다름없다.

"이토록 믿음이 없는 세계가 학교라는 곳인가."

이런 절망이 아이들을 덮치리라.

종이 한 장이 아이들의 영혼에 상처를 입힌다는 사실을 교사는 깨닫지 못한다.

"아이들의 불행은 교사 자신은 변화하지 않으면서 아이들에게만 변화를 요구하는 지점에서 발생하는 것 아닐까요?"

"아이들의 생활과 교사들의 생활이 분리된 지점에서 교육이 이루어지는 게 문제예요."

"교사는 외부에서 가해지는 차별에는 민감하지만, 교사 자신이 일상생활 속에서 만들어 내는 차별에는 너무나 둔감해요."

"참된 상냥함은 절망을 헤치고 나온 사람만이 지닐 수 있습니다."

위의 말들은 나와 이야기를 나누는 도중에 하야시 선생님이 자주 하신 말씀이다. 반론의 여지가 없다.

언젠가 나는 젊은 여교사 모임에 참석한 적이 있다. 이른바 '사례 연구' 시간이었다.

"K학생의 경우, 한부모 가정에서 자라 성격이 어둡고 도벽이 있다. 침착하지 못하며 10분을 진득하게 앉아 있지 못한다. 행동이 거칠고 힘없는 여자아이에게 폭력을 쓴다."

이런 보고가 지루하게 이어졌다. 하지만 그 선생이 K라는 학생과 어떤 방법으로 얼마나 치열하게 씨름했는지는 끝내 한 마디도 들을 수 없었다. '이것으로 보고를 마칩니다.' 라는 말을 끝으로 젊은 여선생은 자리에 앉았다.

나는 어이가 없었다. 이어서 더욱 황당한 일이 벌어졌다. 선생들이 차례차례 일어나 아이들의 악행을 늘어놓기 시작했다. 그리고 그때 선생들은 생기가 넘쳤다.

나는 등줄기가 오싹했다. 이 사람들은 어떤 생각으로 인간의 슬픔을 바라보고 있을까. 긴 인생을 살아오면서 한 번도 절망을 맛보지 않은 사람들일까.

그런 생각에 나는 몹시 괴로웠다. 나 역시 이들처럼 차가운 시선으로 아이들을 바라보던 교사였기에……

하야시 선생님은 '교사 자신이 일상생활 속에서 만들어 내는 차별'이라는 말을 했다. 오늘날 교사가 지닌 가장 허약한 부분이리라.

한 교원 노조의 연구 모임에서 생긴 일이다. 당연한 일이지만 그들은 '어린이에게 상처를 주는 선별 교육에 반대한다'거나 '열등생이 없는 교육을 목표로' 등의 슬로건을 내걸고 있었다. 그 모임에 초대된 나는 한 교사의 수업을 참관했다. '자세히 쓰기'라는 글짓기 수업이었다.

교사가 보자기를 들고 교실로 들어왔다.

"이 안에 뭐가 들어 있을까요? 선생님을 잘 보세요."

교사가 교실에 들어올 때부터 보자기 안에 든 것(그것은 헤어 스프레이였다)을 꺼내 앞자리에 앉은 아이들에게 뿌릴 때까지를 글로 표현하는 수업인 듯했다. 딱히 준비를 많이 한 수업 같지는 않았다.

극히 간단한 글이 만들어졌다.

"○○선생님은 보라색 보자기를 들고 교실에 들어왔습니다."

"○○선생님이 ××의 머리에 스프레이를 뿌리니까 아주 좋은 냄새가 났습니다."

아이들이 이런 글을 칠판에 적었다.

"여러분 몸 가운데 어디가 움직여서 이 글을 쓸 수 있었을까요?"

교사가 아이들에게 물었다.

"눈이요, 눈." "코요, 코요." 하고 1학년 아이들은 저마다 기운차게 대답했다.

"맞아요."

교사는 그렇게 말하고, 미리 그려 온 눈 그림과 코 그림을 아이들의 글 위에 붙였다.

이런 일이 반복된다.

자세히 쓰려면 오감을 발휘해야 한다는 것을 가르치고 싶은 모양이었지만, 지나치게 단조로운 수업이었다. 처음에는 기운차게 대답하던 아이들도 점점 지루해했다. 교실 안이 술렁거렸다. 교사가 초조해하기 시작했을 무렵, 내내 생각에 잠긴 채 가만히 앉아 있던 한 아이가 손을 들고 말했다.

"선생님, 머리도 움직였어요."

나는 마음이 놓였다. 이 아이 덕분에 교사도 한시름 놓을 거라고 생각했다. '보고, 듣고, 느낀 것을 일단 머릿속에 모은다. 그러면 세밀한 글이 나온다.' 아이가 그렇게 말하고 있는데, 놀랍게도 교사는 그 아이의 말을 무시했다. 머리 그림을 준비하지 않은 것이다. 아이는 뭔가 호소하는 듯한 눈빛으로 주위를 두리번거리며 금방이라도 울 것 같은 얼굴을 했다. 나는 견디기 힘들었다.

창의성 없는 교사의 빈약한 수업이 정말로 공부하고 싶은 아이를 공부하기 싫은 아이로 만들고 있다.

이것은 하야시 선생님의 말이다. 이렇게 해서 자립적인 어린이가 하나둘 상처를 받는 것이다.

'교사 자신이 만들어 내는 차별'을 생각하다가 나는 문득 "뼈야, 너는 나한테 다리가 있는 줄 알고 자라 주었구나."라고 했던 다카하시 사토루와 "선생님은 외 나 에뻐주세요?"라던 사사오 스스무가 생각났다.

나는 이 교사를 나무랄 자격이 없다. 교육은 아주 사소한 일상의 행위 속에서도 이루어진다. 그렇기에 스스로도 깨닫지 못하는 사이에 아이들에게 상처를 줄 수 있다.

병원에서 차례를 기다리던 어린아이가 엄마에게 말했다.

"엄마, 엄마. 슬리퍼는 왜 슬리퍼야?"

잡지를 들여다보던 엄마가 건성으로 대답한다.

"엄마, 엄마. 텔레비전은 왜 텔레비전이야?"

엄마는 역시 성가신 듯 대충 대답한다.

"엄마는 왜 엄마야? 아빠는 왜 아빠야? 엄마를 아빠라고 해도 되잖아?"

엄마가 잡지를 내려놓고 화를 낸다.

"넌 대체 왜 그렇게 이상한 것만 묻니?"

코르네이 추콥스키는 아이들이 언어 습득 과정에서 이해심 없는 어른들에게 얼마나 큰 상처를 입는지 모른다고 말한다.

"하느님. 요즘은 왜 새로운 동물을 발명하지 않으세요? 지금 있는 동물은 죄다 너무 오래된 것들뿐이에요."

이런 멋진 말도 이해심 없는 어른들 때문에 '바보 같은 말'이 되어 버리는 것이다.

달리기

4년 오자키 도미히로

"도미히로, 너, 꼴찌한 건 괜찮지만
그렇게 웃으면서 달리는 건 좋지 않아"
운동회가 끝나고
엄마가 나한테 말했다
엄마는 내 마음을
하나도 모른다
출발 소리와 함께
다들 똑같이 출발했는데도
백군 자리 중간쯤에 오면
나는 벌써
친구들 등만 보이는걸
아무리 해도
아무리 해도
자꾸자꾸
자꾸자꾸
다들 멀어져 가

나는 달리고 있는 것 같지도 않아

어른들 얼굴이랑 우산이

가득 보이기 시작했어

아빠가 나를 보고 있어

그렇게 생각하니까

갑자기 울고 싶어졌어

지금 눈물을 흘리면

안 되겠다 싶어서

눈썹을 착 내리고

코에 힘을 꽉 주고

참으면서

그렇게 열심히 달렸는데도

엄마는 웃고 있는 줄 알아

나

하마터면

울 뻔했단 말야

조그만 오해 때문에 커다란 비명 소리가 들리는 듯하다.

선생님

2년 오쓰카 신지

나

이제 선생님이 싫다

나

오늘 눈알이 튀어나올 만큼

화가 났다

나

내 짝꿍한테

친절하게 가르쳐 주고 있었다

나

딴 데 보고 있지 않았다

선생님이라도 무릎 꿇고 사과해

"신지, 용서해 줘."

하고 사과해

이런 경우는 불가피한 오해라고 할 수도 있다. 부모나 교사에게 악의는 없었다. 그러나 화가 오카모토 다로 씨는 한 주간지에 '선생님'이라는 위의 시를 소개하며, 이 아이의 분노를 아름답다고 여길 수 있는 사람이 있냐고 묻는다.

고백하자면, 이 시의 지은이는 예전에 내가 맡았던 아이다. 교사나 부모가 아이들의 영역을 무의식적으로 짓밟는 사이에 아이들 자체가 보이지 않게 되어 버렸다는 점을, 오카모토 다로 씨는 지적하는 것이리라.

하야시 선생님의 수업을 들은 한 아이는 이렇게 말한다.

2월 19일에 하야시 선생님 수업을 들었는데, 나는 아주 도움이 되었다고 생각합니다. 인간에 대해 배웠기 때문에 매우 좋은 공부가 되었다고 생각합니다. 나중에 중학생이 되어도, 하야시 선생님한테 배운 것을 비밀로 해 두고 싶습니다. 그리고 하야시 선생님도 우리를 잊지 않을 거라고 생각합니다. 그러나 우리는 금방 잊어버릴지 모릅니다. 용서해 주세요. 하야시 선생님, 안녕히 계세요.

이 아이는 하야시 선생님과 공부한 것을 비밀로 해 두고 싶다고 한다. 얼마나 사랑스러운가.

아이들은 저마다 말한다.

"…… 그 선생님은 무척 따뜻하고 말도 잘 통한다. 수업을 듣고 있으면 선생님이 얼마나 밝은 사람인지 알 수 있다."

"…… 하야시 선생님과 이야기하면 발표를 하고 싶어진다. 하야시 선생님과 이야기하면 다른 일은 잊어버린다……."

"하야시 선생님의 질문에 누가 대답을 하면 선생님은 자꾸 꼬치꼬치 캐묻는다. 그래도 생각하는 힘이 좋아진다. 그리고 머리에 쏙 들어온다."

"…… 인간에 대해 알고 있다고 생각했지만, 아무것도 몰랐던 나. 그 사실을 알았을 때의 기쁨은 결코 잊을 수 없을 것이다."

아이들의 감상 자체가 오늘날 교육에 대한 호된 비평이다. 하야시 선생님의 수업은 대체 어떤 것이었을까.

변화

나는 모리구치 시에 있는 가지 초등학교에서 수업을 한 적이 있다. 오랫동안 글짓기 교육을 실천하고 계신 분이자 〈기린〉의 오랜 협력자이신 요시다 슌이치 교장 선생님의 호의 덕분이었다.

나는 6학년 3반 아이들 앞에 서서 칠판에 '상냥함에 대하여'라고 썼다.

"오늘은 공책에 뭘 쓰거나 뭔가를 외우는 공부가 아니라, 한 가지 문제를 다같이 생각해 보는 공부를 해요. '상냥함에 대하여'라고 하면 너무 막연하니까, 우선 '귀여워하다'에 대해 생각해 볼까요? 사람의 아기를 귀여워하는 것과 강아지를 귀여워하는 것은 똑같을까요, 다를까요?"

오랜만에 하는 수업이었다. 아이들보다 내가 더 긴장하고 있었다. 아이들은 저마다 손을 들고 활발하게 자기 생각을 말했다.

"저는 똑같다고 생각해요. 왜냐하면 사람의 아기도, 개의 아기도 생명이 있으니까……."

"만약에 불이 났다고 쳐요. 사람의 아기와 개의 아기가 있으면 누구라도 먼저 인간의 아기를 구할 거예요. 아무리 둘 다 생명이라고 해도 역시 다르다고 생각해요."

"개를 귀여워하는 것은 그냥 귀여워하는 거지만, 사람의 아기를 귀여워하는 것은 그냥 귀여워하는 게 아니라, 으응, 그러니까…… (하이타니의 말, "키운다…….") 네, 맞아요. 귀여워한다고 해도, 사람의 아기는 키운다는 생각으로 귀여워하니까 조금 다르다고 생각해요."

(강아지도 키우는 거라고 말하는 아이가 있었다.)

아이들이 처음부터 정리된 생각을 말한 것은 아니다. 누군가 자기 의견을 발표하고 내가 그 근거를 꼬치꼬치 캐묻자 서서히 정리된 생각들이 나왔다. 내가 계속 추궁하자 잔뜩 주눅이 드는 아이도 있었다.

하야시 다케지 선생님의 수업을 듣고 한 아이가 했던 말인, "하야시 선생님의 질문에 누가 대답을 하면 선생님은 자꾸 꼬치꼬치 캐묻는다. 그래도 생각하는 힘이 좋아진다. 그리고 머리에 쏙 들어온다." 가 그때 내 머릿속에 단단히 박혀 있었다.

아이들은 진지했다. 생기가 넘쳤다. 나의 긴장감은 수업의 활기 속에 눈 녹듯 녹아 버렸다.

상냥하다는 말이 성립되려면 다양한 조건이 갖추어져야 한다는 것을 아이들이 느끼기 시작할 무렵, 내가 말했다.

"지금부터 도쿄 동물원과 고베 동물원에서 있었던 일을 이야기할 테니까, 잘 듣고 상냥함에 대해 생각해 보세요.

5학년은 과학 시간에 달걀 부화 실험을 하지요? 생명이 어떻게 탄생하는지 배우려는 것인데, 한 학교에서도 그런 공부를 했어요. 알에서 깬 병아리를 처음에는 교실에서 길렀지만 점점 자라서 돌보기가 힘들어졌어요. 그래서 선생님과 아이들은 그 병아리를 동물원에 들고 가 사육사 아저씨에게 맡아 달라고 부탁했죠.

어릴 때는 애완동물처럼 귀여워하다가 좀 자라면 동물원에 맡겨 버리는 사람들의 이기적인 마음, 무책임한 행동을 종종 보아 왔던 사육사 아저씨는 화가 나서 말했죠. '학교는 생명이 탄생하는 데까지만 공부하고, 탄생한 생명을 아끼는 공부는 하지 않는 곳이구나. 솔직히 말하자면, 이렇게 가져온 닭은 살아 있는 먹이만 먹는 파충류의 밥으로 줘 버려. 그래도 괜찮아?' 라고요.

사실 이 말은 아이들과 함께 온 선생님한테 하고 싶었던 말이겠죠. 아이들은 충격을 받았고, 몇몇 여자아이는 울음을 터뜨리기도 했어요. 자, 여러분은 이 동물원 아저씨의 태도를 어떻게 생각하죠?"

많은 아이들이 손을 들었다. 눈이 빛나고 있다. 자기를 지명해 달라는 듯이 몇 번씩 손을 올렸다 내렸다 하는 아이도 있었다. 나는 한 아이를 가리켰다. 그 아이는 이런 의미의 말을 했다.

"생명이 살아가는 현실은 매우 냉엄하다. 그러니 그것을 가르쳐 준 사육사 아저씨가 옳다."

꽤 많은 아이들이 고개를 끄덕였다. 두세 아이의 말을 더 들어보았지만 같은 의견이었다.

"자, 이번에는 고베 동물원에서 있었던 일입니다. 여러분, 혹시 가메이 잇세이라는 분을 아세요? 세계 최초로 침팬지 인공 사육에 성공하신 분인데, 이 이야기는 그분한테 들었어요.

나는 방금 파충류는 살아 있는 먹이만 먹는다고 했는데, 그건 고베의 동물원에서도 마찬가지예요. 뱀이나 악어한테는 살아 있는 동물을 먹이로 주지요. 하지만 그런 잔인한 광경을 관람객에게 보일 수는 없으니까, 이런 동물은 동물원 문을 닫은 뒤에 먹이를 줘요. 그리고 이튿날 동물원 문을 열기 전에 우리를 둘러보며 먹다 남긴 것을 치우죠.

그런데 하루는 한 여자아이가 울먹이며 뛰어와 '버마비단뱀 우리 안에 토끼 한 마리가 떨고 있어요. 아저씨, 살려 주세요.' 하고 말하더래요. 가메이 잇세이 씨는 아뿔싸 싶었죠. 마침 그날, 다른 일로 바빠서 깜박 잊고 파충류 우리를 둘러보지 않은 거예요.

가메이 씨는 우리 안에 들어가 토끼를 구하려고 했어요. 그런데 동물은 자기 먹이를 가로채는 상대를 공격하는 습성이 있어요. 그 뱀도 가메이 씨를 공격했죠. 가메이 씨는 가까스로 토끼를 구했지만 뱀한테 손을 물리고 말았어요. 자, 어때요? 여러분은 가메이 씨의 행동을 어떻게 생각하죠?"

이번에는 아무도 손을 들지 않았다. 아이들은 생각에 잠겼다. 아주 깊은 생각에 빠진 아이도 있었다. 그렇게 활발하게 의견을 말하던 아이들이 자못 고통스러운 표정까지 지으며 사색의 세계에 빠져 들고 있었다.

아이들은 가메이 씨의 상냥함을 마음으로 이해할 수는 있었지만 말로 설명할 수는 없었다. 생명이란 무엇과도 바꿀 수 없는 것이며 존중되어야 한다는 것이 개념으로서 지식의 범위에 머물러 있는 동안에는 아이들도 얼마든지 의견을 말할 수 있었다. 하지만 한 인간의 구체적인 행동을 통해 생명을 인식하는 것이 얼마나 어려운 일인지 깨닫기 시작했을 때, 아이들은 말이 없어졌고 결국 침묵했다. 아이들은 처음으로 자기 자신과 팽팽하게 맞서며 자기 속에 있는 뭔가를 찾기 시작했다.

하야시 선생님 수업의 특징 가운데 하나는 아이들로 하여금 빌려 온 지식을 버리게 하는 데에서 출발하는 것이다. 진정으로 어린이의 관점에서 수업이 이루어졌을 때 성적의 좋고 나쁨은 사라진다는 하야시 선생님의 지론은 필연적인 귀결이었다. 내 수업이 그랬다고는 결코 말할 수 없지만, 하야시 선생님의 수업 방식을 흉내 낸 것만으로도 아이들에게서 훌륭한 반응을 이끌어 냈다는 것은 굉장한 성과이다.

사실 이 수업은 한 방송국에서 촬영하고 있었다. 물론 아이들은 그 사실을 전혀 몰랐다. 확실히 아이들 내면에서 무슨 일인가 일어나고 있었다. 눈빛에서 그것을 알 수 있었다. 아이들의 얼굴이 점점 더 아름다워졌다.

다음으로 나는 새로운 교재 두 개를 꺼냈다. 하나는 《하세가와는 싫어》라는 하세가와 슈헤이의 작품으로, 아이들에게 너무 잔인한 내용이라거나 과연 아이들이 이해할 수 있겠느냐는 평을 듣는 그림책이었다. 또 하나는 "소의 다리를 짚으로 문질러 주니까, 눈물이 마음 속에서 울고 있습니다."라는 마사히코의 시 '소와 나'였다.

아이들은 아무런 거부감 없이 이 그림책과 시에 공감하고 열중했다. 빌려 온 지식을 버린 아이들의 말에는 깊이가 있었다.

"하세가와는 몸이 약하니까 잘 돌봐 줘라."고 한 선생님을 말만 친절하게 하는 사람이라고 평가한 아이가 있었다.

"상냥한 마음을 받은 사람이 득을 보는 게 아니라, 상냥한 마음을 베푼 사람이 득을 본다."고 말한 아이도 있었다. 왜 그렇게 생각하냐고 물으니까 그 아이는 "남한테 상냥한 마음을 베풀면 자기가 변화한다."고 대답했다. 어느새 도시 아이들에게서 쉽게 볼 수 있는 조숙한 말투가 사라졌다. 아이들은 솔직하고 간결하게 대답했다.

하야시 다케지 선생님은 이렇게 말한다.

"내 수업이 다른 사람의 수업과 조금이나마 다른 점이 있다면, 내가 소크라테스에서 출발했기 때문이라고 생각합니다. 내 수업은 독사 (doxa, 참된 인식인 이데아에 대하여 낮은 주관적 인식을 가리키는 말. 억견.)를 곰곰이 생각해 보는 것으로 이루어집니다. 뭔가를 가르치는 것이 아니라, 아이들이 '갖고 있는 것'을 꼼꼼히 들여다보는 거죠. 다른 수업에는 이런 면이 좀 부족하지 않을까요?"

"아이들이 조사해 온 몇몇 가지를 발표하고, 교사가 그것을 적당히 안

배해서 결론을 내린다면 과연 수업이 제대로 될까요? 아이들이 조사해 온 것은 아이들의 의견, 내가 쓰는 말로 하자면 독사에 지나지 않아요. 교사는 그것을 꼼꼼히 들여다보고 따져봐야 해요. 아이들이 발표하는 의견은 교사에게 꼼꼼히 들여다보고 따져보는 계기를 마련해주는 것으로서 필요하지요."

"소크라테스는 대화란 상대방에게 의견을 말하게 하고 그것을 차근차근 따져 봄으로써 상대방의 영혼을 발가벗겨 조사하는 일이라고 했어요."

내 수업에서도 아이들의 반응이 뚜렷이 달라졌다. 처음에는 활발하게 발표했지만, 그것은 말의 유희에 지나지 않았다. 활발하게 발표하던 아이들이 침묵했을 때, 아이들의 얼굴은 확연히 달라졌다. 그 아름다운 얼굴은 무엇일까.
하야시 선생님은 이렇게 말한다.

"아이들은 발가벗겨진 경험을 결코 고통스럽다거나 불쾌하다고 생각하지 않았을 거예요. 그것 역시 하나의 해방이며 일종의 카타르시스, 즉 정화가 아닐까요? 빌려 온 지식은 통용되지 않는다는 것을 절실히 깨닫고, 그것을 이해함으로써 아이들은 해방되고 정화되었다고 생각합니다. 그래서 수업 중인 아이들이 그토록 아름다웠던 것이 아닐까요?"

중요한 것을 말해 두어야겠다.

내가 수업을 했던 6학년 3반에 장애아가 있었다. 책상 앞에 앉아 있을 때는 잘 몰랐는데, 알고 보니 언어 장애가 꽤 심했다. 수업 중에 그 아이는 활발하게 손을 들었다. 워낙 열심히 손을 들기에 기회를 주었다. 그 아이는 자리에서 일어나 말을 한다. 정말 열심히 말을 한다. 생각처럼 말을 잘할 수가 없다. 이마에서 땀이 난다. 열심히 말을 한다. 얼굴이 새빨갛다. 꽤 시간이 흐른다.

장애아에 대한 차별이라고 생각하면서도, 나는 이내

"생각이 좀 정리되면 발표하겠니?"

하고 말하며 그 아이를 자리에 앉힌다. 하야시 선생님에게 꾸지람을 들을 대목이다.

얼마 지나 그 아이가 다시 손을 든다. 그러기를 두세 차례. 솟구치는 내면의 에너지를 발산하려는 열의가 내게 와서 부딪친다. 수업 내내 나는 그 에너지에 압도당했다. 이 얼마나 엄청난 생명력을 가진 아이인가. 나는 혀를 내둘렀다.

수업을 마치고 나는 뜻밖의 사실을 알게 되었다.

"그런 장애가 있다 보니 그 애는 평소에는 말하기를 꺼리고, 공부 시간에도 발표하는 일이 거의 없어요. 그런데 오늘은 몇 번씩이나 손을 들고 어떻게든 자기 생각을 말하려고 애쓰는 모습을 보고, 가슴이…… 벅차…… 올랐습니다."

담임은 아직 젊은 여선생으로 사려 깊은 사람 같았다. 눈물을 글썽이며 그렇게 말했다. 옆에서 요시다 교장 선생님도 눈을 슴벅거리고 있었다.

그 아이의 말을 막으려 했던 자신이 몹시 부끄러웠다. 내 수업을 온몸으로 받아들여 준 그 아이에게 감사하고 이 감동을 마음속 깊이 간직해 두려다가, 나는 문득 어떤 사실을 깨닫고 깜짝 놀랐다.

그 아이에게 '상냥함'의 문제는 단순한 학교 공부에 국한되지 않는다. 장애를 가진 그 아이에게 상냥함의 문제는 생사의 문제인 것이다.

하야시 다케지 선생님은 말한다.

교사는 자신이 가장 깊이 고민하고 온 힘을 다해 씨름하고 있는 문제를 아이들에게 쏟아 내야 하지 않을까요.

그렇다면 내 고민을 가장 정확하게, 온전히 받아 준 것은 그 아이다. 아이들이다. 그리고 인간관계에서 가장 고귀한 것이 무엇인지 제시하고, 인간이 인간일 수 있는 하늘의 길을 열어 준 사람은 하야시 다케지 선생님이다.

별명이 '천사 건달'인 젊은이가 자기 의지로 귀고리를 빼고 들었던 수업인 '박식한 것과 현명한 것'에서, 하야시 선생님은 다음과 같이 말한다. 꽤 긴 인용이나 이해해 주기 바란다.

소크라테스가 말하는 '현명함'은 물론 많이 아는 것을 의미하지 않아요. 오히려 소크라테스는 단 한 가지를 알고 있는 인간을 현명하다고 생각했어요. 단 한 가지를 진정으로 알고 있는 인간을 현명하다고 생각했죠. 그 단 한 가지란, 소크라테스 자신의 말을 빌리면 '선(善)'입니다. 여기서 주의할 것은 소크라테스가 말하는 '선'은 오늘날 도덕적 의미에서 선이냐 악이냐 따질 때의 선과 전혀 다르다는 점이에요. 따라서 사실 이 말은 되도록 쓰지 않는 편이 좋겠지만, 그의 사상을 이해하려면 하는 수 없어요. 소크라테스가 말하는 선이란 인간이 진정으로 원하는 것이며, 인간은 그 선을 얻어야만 비로소 만족할 수 있고 행복해질 수 있어요. 따라서 인간은 그것이 '선'이라는 것을 알기에 원하는 것이 아니에요. 가슴 밑바닥에서 무언가 진정으로 원하는 것, 그것이 바로 '선'이지요. 거듭 강조하지만 소크라테스가 말하는 선은 인간의 행복, 즉 참된 만족과 관계 있는 것으로, 우리가 흔히 말하는 '선'과 달라요. 인간이 진정으로 원하는 것, 그것이 선이며 그것을 진정으로 자기 것으로 만들었을 때만이 인간은 행복해질 수 있죠. 즉 인간을 진정으로 행복하게 만드는 그 어떤 것이 '선'이며, 그것이 무엇인지는 아무도 모른다는 것이 소크라테스의 철학이에요. 소크라테스가 모든 인간은 무지하다고 말할 때, 이 '무지'는 이 선에 대한 무지를 가리켜요. 인간은 자신이 진정으로 원하는 것이 무엇인지 모른다는 거죠.

중요한 것은 소크라테스는 상식이 부족하거나 글을 읽을 줄 모르거나 신문을 읽을 때 정치면 기사는 뭐가 뭔지 모르겠다는 사람을 무지하다

거나 무학이라고 말하지 않는다는 점입니다. 오히려 학식이 있으면서
도 배우려 하지 않는 것이 무학이며, 참된 지혜를 갖지 못했으면서 가
진 척하는 사람(이른바 지식인이 그 본보기겠지요)을 무지하다고 보죠.
그들은 진정으로 자신이 원하는 것이 무엇인지 모르기 때문입니다.

여기서 조금 철학적인 이야기를 하면, 소크라테스가 엄밀한 의미에서
'안다'는 말을 사용할 때 그것은 '독사(doxa)'와 대립되는 말입니다.
'독사'는 예를 들어 아름다움에 대해서 말할 때, 그것이 진정으로 아
름다운지 아닌지 따져보지 않고 남들이 아름답다고 하니까 덩달아 아
름답다고 여기거나 그냥 자기 눈에 아름다워 보이니까 아름답다고 여
기는 것이므로 그 상태로는 진정으로 아름다움을 '안다'고 할 수 없어
요. 이것은 지식이 부족해서 독사에 지배되고 있는 상태죠. 소크라테
스는 스스로를 무식하며 무지하다고 생각하는 사람을 지혜로운 사람
으로 봤어요. 그리고 하찮은 지식만 잔뜩 가졌으면서, 즉 박식할 뿐이
면서 진정한 지식을 가진 양 우쭐대는 사람을 무지하다고 호되게 비
난하죠.

특히 소크라테스가 말하는 '선에 관한 무지'에는 일종의 특별한 성질
이 있어요. 비행기를 조종할 줄 모르는 사람은 그 사실을 잘 알고 있
어서 비행기를 조종하려는 생각을 하지 않지만, '선'의 지식이 결여되
어 있는 경우에는 자신의 무지를 깨닫지 못하고 거짓 지식, 즉 독사가
이르는 대로 행동하게 됩니다. 참된 지식이 없는 사람은 결국 독사의
지배를 받아 행동합니다. 진정으로 자신이 원하는 것이 무엇인지 모

르기 때문에 자기가 원하지도 않는, 따라서 그것을 손에 넣어도 결코 행복해질 수 없는 것을 정신없이 좇게 되지요. 소크라테스가 생각하는 현명한 사람은 오직 하나, 선에 대한 '지식'을 가지고 그 지식이 이르는 대로 행동하며 사는 사람인 것입니다.

이 말은 내게 영원히 천상의 말이다. 이 말이 내 반생의 과오와 남아 있는 '내 인생'의 길을 밝혀 주고 있기 때문이다.

삶

나는 스물한 살의 한 여성이 보낸 편지로 이 변변찮은 글을 마치려한다. 내가 이 편지를 받은 것은 어느 방송국에서였다. 곧바로 편지를 펼쳤는데 채 몇 줄 읽기도 전에 평범한 내용이 아님을 직감했다. 나는 편지를 주머니에 넣고 방송을 마쳤다. 그리고 집으로 가는 전철 안에서 다시 편지를 펼쳤다.

하이타니 겐지로 씨께.
이런 공책이라서 죄송합니다. 연필이라서 죄송합니다. 처음 써 봅니다. 일하면서 오사카 FM 라디오를 듣고 있습니다. 즐겁게 듣고 있습니다. 시간이 짧아서 아쉽습니다.
하이타니 씨는 학교 선생님이었다는 말을 들었습니다. 조금이라도 좋으니까 저도 배우고 싶었습니다. 학교에 다니는 동안이라도 즐겁게 다니고 싶었습니다.
저는 ××현 ××시에서 태어났습니다. 장녀이고 여동생이 두 명입니다. 초등학교 4학년 때까지 ××시에서 살았습니다. 부모님은 사이가 나빴는데 어머니는 접대부였습니다.

저는 여동생을 업고 학교에 갔습니다. 도시락이 없어서 점심시간에 그네를 탔고, 가끔 선생님이 주시는 빵을 먹고, 소풍 때는 어머니가 가불을 받아 사 주신 김밥이 무엇보다 좋았습니다.

용돈도 못 받고 공부도 잘 못하고 반 아이들한테 냄새난다는 말을 들으며 돌을 맞았습니다. 지갑을 주워 선생님한테 들고 갔다가 "돈은 꺼내지 않았나?"고 해서 울며 집에 간 적도 있습니다.

저는 1학년 3학기쯤부터 거의 학교에 가지 않고 가게에서 물건을 훔쳤습니다. 반찬거리, 과자, 신발 등을 훔쳤습니다. 주인 아저씨한테 붙잡히면 어머니나 학교 선생님이 오셨는데, 어머니는 저를 마구 때리며 내내 울었습니다. ('껌 하나'라는 시, 잘 이해합니다.)

저는 선생님께 다시는 말썽 피우지 않겠다고 약속했지만 학교에 가는 척하고 집을 나와 아기를 봐 주고 10엔을 벌었습니다. 10엔으로 두 개에 1엔짜리 사탕을 사 먹었습니다. 성적이 온통 양, 가, 양, 가라서 선생님이 굉장히 싫어했습니다.

3학년 때 ○○ 담임 선생님은 대학을 막 나와서 선생님이 되었는데, 가정 방문을 와서 어머니한테 "아이에게 뭘 먹입니까?" 하고 물었던 적이 있었습니다. 지금 생각하면 우습지만, 어머니는 진지하게 "깨소금을 뿌린 밥이나 어묵을 먹입니다."라고 대답했습니다.

저는 양말도 신지 않았고, 보기에도 더러운 아이였습니다. 어느 날 어머니가 큰 동생을 데리고 △△에 가 버렸습니다. 저는 작은 동생을 업고 기저귀를 빨면서 아버지 식사로 반년 내내 된장국만 끓여 드리는 가엾은 신세였습니다.

어머니가 돌아왔지만 아버지와 싸움만 해서, 어머니는 저를 데리고 다시 △△에 일하러 갔습니다. 공사판 밥집에서 일하며 새 학교로 전학을 갔지만, 저는 새 학교에 적응하지 못했습니다. 급식을 보고 깜짝 놀라고, 고기 완자도 못 먹고, 치즈나 우유도 못 먹어 혼자 남아서 개하고 같이 먹었습니다.

그 무렵 처음으로 죽고 싶다고 생각했습니다.

선생님은 저한테 "좀 깨끗하게 하고 다녀."라고 했고, 소풍 때 달걀 프라이 하나가 얹힌 도시락을 보고는 큰 소리로 "세상에, 겨우 이거야?" 하며 웃었습니다. 저는 어머니에게 ××로 돌아가고 싶다고 울면서 부탁했습니다.

다시 돌아왔지만 나아진 건 없었습니다.

그 다음에 어머니는 우리 세 자매를 다 데리고 ○○구 ○○동에 있는 ○○의 ○○모자 기숙사(지금은 없어졌습니다.)에 들어갔습니다.

저는 처음으로 행복을 느꼈습니다. 세 끼를 다 먹을 수 있고 낡긴 했지만 옷도 얻어 입었지요. 하지만 어머니는 일할 힘을 잃었습니다. 초등학교 4학년 가을이었습니다. 학교는 보통학교였지만 6학년 초에 특별반(모자 기숙사에 사는 아이들이 절반쯤 되었습니다.) 시험을 쳤습니다. 수업 진도를 전혀 따라가지 못했기 때문입니다. 불행인지 다행인지 저는 그 반에 가지 않게 되어, 선생님한테 "가지 않게 되어서 다행이에요."라고 하니까, 선생님은 "가는 게 더 좋았어."라고 했습니다.

중학교에 가서 고생하지 않으려고 곱셈과 나눗셈을 배워 중학교에 올라갔습니다. 저는 반 아이들이 너무 싫어 자꾸만 비뚤어졌습니다. 만날 놀림만 당하고 영어는 하나도 몰랐습니다. 중학교 1학년 때는 신장이 나빠서 병원에 입원했는데 퇴원하니까 뚱뚱해져서, 아이들은 물돼지라고 놀리며 제게 침을 뱉었습니다.

중3 때쯤에야 말이 통하는 친구가 생겨서 뭔가 기술을 배워야겠다고 생각하고 ×××가 되려고 마음먹었습니다.

남들을 따라가는 것이 몹시 힘들지만 저는 힘껏 노력하고 있습니다. 아버지는 ××에서 재혼도 하지 않고 혼자 삽니다. 지금 쉰여섯 살입니다. 어머니는 마흔아홉 살이지만 정신적으로 좀 힘든지 늘 혼잣말을 중얼거리며 집에 누워 계십니다. 생활비로 노름을 하고, 목욕도 하지 않습니다.

저는 지금 스물한 살입니다.

×××에 숙식을 제공해 준다는 데가 있어서 취직했는데 열여섯 살때 주인한테 속아 그해 겨울에 임신 중절을 했습니다. 주인을 믿고 있었기 때문에 죽고 싶다는 생각만 나고 살아갈 기운이 없었습니다.

그래서 중3 때 담임 선생님(××중학교 ○○선생님)께 편지를 썼습니다. 생각이 어린애 같은 저에게 임신 중절은 충격이었습니다.

○○선생님의 소개로 지금의 가게로 옮겼습니다. 지난번 가게에서 3

년, 지금 가게에서 3년째 일하고 있습니다.

작년 이 무렵인 6월 3일에 주인 아저씨가 제 방에 들어와 이상한 짓을 하려고 했습니다. 저는 놀랐지만, 힘껏 소리를 질렀습니다. 주인 아주머니와 주인 아저씨와 저는 울면서 이야기를 했습니다.

저는 지난번 가게에서 있었던 일을 주인 아주머니한테 비밀로 하고 있었습니다. 주인 아저씨는 괜찮을 거라고 생각하고 마음을 놓았는지도 모릅니다.

다시는 안 그러겠다고 해서 저는 지금의 가게에서 열심히 일하고 있습니다. 저한테 잘해 주십니다. 하지만 충격이었습니다. 절대로 잊을 수 없을 것 같습니다. (이 일은 ○○선생님께도 말하지 않았습니다.)

21년을 살면서 여자라는 것, 돈이 없다는 것, 산다는 것에 대해 내내 생각하고 있습니다. 어머니에 대해서, 두 여동생의 행복에 대해서도 생각합니다.

올 2월부터 아파트를 빌려 혼자 살고 있습니다.

저는 미야시로 마리코(일본의 여가수 – 옮긴이) 씨를 좋아합니다. 《태양의 아이》의 후짱도 좋아합니다.

지금 저는 생각합니다.

하루 세 끼를 먹고, 보통 사람들만큼 물건을 갖고, 남과 이야기할 수 있는 것은 기쁜 일입니다. 그리고 지금까지 제가 한 나쁜 짓을 반성하고 있습니다.

생활비가 3만 엔 정도라서 좋은 것은 못 사지만 1,000엔짜리 블라우스

를 입을 수 있어서 기쁩니다. 식빵 껍질을 먹으며 행복해하는 여동생들
이 사랑스럽습니다. 큰 여동생은 야간 고등학교 3학년이고, 작은 동생
은 중학교 3학년입니다. 큰 동생은 낮에는 ×××에서 일합니다.

저는 보시다시피 모르는 글자도 많고 계산도 잘 틀립니다. 그리고 사
귀는 남자가 모두 더러워 보이는 것이 요즘 제일 고민입니다. (남자 친
구가) 손을 잡으면 구역질이 나려고 합니다. 이야기만 할 때는 아무렇
지도 않습니다. 그런데 (상대방이) 저를 좋아한다는 것을 알면 안절부
절못합니다. 만나기 싫고 억지로 (참고) 만나면 싸우고 헤어집니다.
저는 결혼을 못할 것 같기도 합니다. 하지만 기댈 수 있는 사람이 옆
에 있으면 좋겠습니다.

하이타니 씨, 죄송합니다.

이렇게 제 이야기만 써 버렸습니다. 사실은 라디오가 재미있고 저도
하이타니 씨와 이야기를 하고 싶어서 편지를 썼는데. 죄송합니다.

이런 공책에 지저분한 글씨로 잔뜩 썼습니다. 하이타니 씨가 제 편지
를 받아 볼 수 있을까 생각하면서 썼습니다. 적은 돈이지만 어떻게든
책을 한 권씩 사 모을 생각입니다. 그때마다 하이타니 씨를 만날 수 있
으니까요.

처음으로 편지를 썼지만, 저도 하이타니 선생님께 배우고 싶었습니
다. 저도 하이타니 씨 같은 사람을 만나 행복해지고 싶습니다.

3년 전 ○○선생님께서 소개해 준 소중한 친구, 소중한 언니! ××장

애인 학교 선생님인 ××언니에게 편지를 써서 "××언니는 어떤 식으로 남자와 사귀고 있어요?" 하고 물으니까 "나는 남한테 그런 질문은 받고 싶지 않아. 그 편지를 보고 기분이 나빴어."라고 적힌 답장을 받고 저는 사람들이 옆에 있는데도 엉엉 울었습니다.

저는 남에게 물어서는 안 될 것까지 묻고, 스물한 살이나 되었는데도 기분이 나빴다는 말만으로 큰 소리로 슬피 우는 바보예요!

하지만 하이타니 씨.

××언니도, ○○선생님도 저에게는 없어서는 안 되는 사람이에요. 너무너무 좋아합니다. 저는 늘 배우기만 합니다.

××언니는 저를 여동생처럼 대해 주시고 ○○선생님은 제 편지를 받아 줍니다. 살아 있어서 다행입니다. 이것이 가장 중요합니다.

제가 편지를 보내서 하이타니 씨가 ××언니처럼 기분이 나쁘다면 슬플 것 같습니다. 어떻습니까? 기분이 나쁘시지 않습니까?

죄송합니다. 제 생각만 잔뜩 써 버려서.

저는 열심히 일하고 있습니다. 동생과 힘을 합해 어머니를 돌보겠습니다. 하이타니 씨, 건강하세요. 식중독에 걸리지 마세요. 그리고 책 많이 써 주세요. (단, 지금은 돈이 없으니까 천천히 써 주세요.) 구역질을 하지 않고 남자와 오래오래 얘기해 보고 싶습니다.

하이타니 씨가 아프지 않도록 빌겠습니다. 그리고 이런 편지를 끝까지 읽어 주셔서 정말 고맙습니다. 정말 감사합니다. 감사합니다. 글씨를 못 써서 죄송합니다. 안녕히 계세요.

전철 안이었지만 나는 눈물을 참을 수가 없었다. 고통스러운 인생을 헤쳐 온 젊은 여성의 '삶' 속에 교사가 저지른 씻을 수 없는 죄가 숨어 있다. 그것이 내 가슴을 쥐어짜듯 괴롭힌다. 더욱이 이런 가혹한 인생을 살아오면서도 타인에 대한 배려와 상냥함을 잃지 않은 그녀가 나를 더욱 고통스럽게 한다. 가해자로서 나 자신을 확인하는 고통일까.

이 젊은 여성을 K씨라고 하자. 편지에도 적혀 있듯이 K씨는 라디오 방송을 통해 나를 알게 되었다. 잡지 〈파도〉에 연재했던 내용 중에서 주로 아이들의 작품을 중심으로 내가 만난 아이들 이야기를 하는 방송이었다. 방송 기간은 두 달쯤이었던 것으로 기억한다.

K씨는 일을 하면서 날마다 그 방송을 들어 주었다. 어린 시절의 갖가지 허기를 떠올리면서, 열심히 살아가는 아이들의 '삶'에 자신의 '삶'을 투영하면서.

처음으로 밝히는 얘기지만, 진흙탕 속을 허우적거리는 듯했던 야간 고등학교 시절부터 나는 불상에 취미가 있었다. 가장 비뚤어졌던 시기에 그런 것에 관심이 있었다는 사실을 어떻게 이해하면 좋을까. 나로서도 알 수 없는 일이다.

나는 고후쿠지(興福寺)의 아수라 입상과 사이다이지(西大寺)의 선

재동자, 11면관음상 등에 푹 빠졌고, 이어서 호류지(法隆寺)의 석가
삼존이나 호린지(法輪寺)의 고쿠조 보살 같은 아스카 불상에까지 흥
미를 느꼈다. 형식을 중시하는 교토의 절보다는 나라의 절을 찾아다
녔다. 어딘 가에 좋은 불상이 있다는 글을 읽으면 당장에 달려갔다.

한냐지(般若寺) 환상

○한냐 언덕
지금 걸어온 길은/언덕과 같다/내가 개미라면/총구 테두리를/걸어온
듯하다

○기타야마주하치겐도(北山十八間戶)*
남의 살갗에/가차없이/검은 빗을/찔러 넣어 본다/그러면 내 집이 된다
(*가마쿠라 말기의 승려 닌쇼가 나병 환자들을 구제하기 위해 나라 북쪽
한냐지에 세운 숙소 – 옮긴이)

○누문(樓門)
구멍이 뻥 뚫려 있다/구멍은 곱게 꾸민 채 으스댄다/그 너머로 바람
의 눈이 보인다

○ 13층 석탑

하나를 쌓는다/둘을 쌓는다/그리하여 고통을 쌓는다/나의 거짓말처럼

○ 문수보살기사상

피를 덮어 쓴 듯하다/상투가 끊어질 듯하다/어둠 속에 숨어 있거라/

분노가 익을 때까지/어둠 속에 숨어 있거라

○ 태내불(胎內佛)

물에 젖어 있었으므로/이렇듯 물 속에 넣어 둡니다/이렇듯 넣어 두니/

언제까지나 살아 있습니다

○ 사리탑

사리탑에

여치 한 마리가/해를 등에 업고/하염없이 울고 있다

– 시집 《부처, 안단테》에서

나는 불상을 보러 다닐 때면 늘 생각했다. 내가 죽어도 이 불상은
변함없이 이 자리에 있겠지 하는 생각이었다. 그것은 질투에 가까운
감정이었다. 그래서 세키토지(石塔寺)의 석불들을 보며 "스러진 지
오랜 가엾은 하루살이여 이제는 내 머물 곳 없어라."라고 읊조리기
도 했고, 초가쿠지(長岳寺) 세지보살의 아름다운 손가락을 시샘하여

"너무도 오래 살아 보기가 역겹구나. 에로스 손가락의 푸른 그림자여."라고 악담을 하기도 했다.

나는 오키나와에서, 그리고 아이들에게서 생명의 의미를 배웠다. 하나의 생명을 살리기 위해 다른 무수한 생명이 그 생명을 떠받치고 있다는 사상, 내 생명 또한 다른 생명을 떠받치고 있다는 사상이 인간의 성실함을 낳고 상냥함을 만들어 낸다는 것을 배웠다.

하나의 '생명' 속에는 수많은 '죽음'이 살아 있으며 온갖 고통과 번민이 깃들어 있다. 그것이 흙 속의 양분처럼 새로운 생명을 길러 내고 미래를 만들어 나간다. 생명에는 끝이 없다는 생각이 이제야 실천으로 이어지고 있다.

내 반평생은 회한의 반평생이었다. 내게 용기라고 할 만한 것이 있다면, 나 자신을 응시할 수 있다는 것과 내 고통을 드러낼 수 있다는 것이리라.

몇백만 명이 《나는 선생님이 좋아요》와 《태양의 아이》를 읽었고 지금도 읽고 있다는 것은, 한 개인의 영예 따위를 떠나 고뇌하는 사람들이 한데 어우러져 한 줄기 빛을 찾고 절망에서 희망으로 나아가려 한다는 것을 보여 주는 가장 뚜렷한 증거일 것이다.

이 기록은 내가 아이들을 살게 한 기록이 아니다. 아이들로 인해 내가 살게 된 기록이다. 그런데도 왜 K씨의 영혼을 울렸을까. 왜 K씨는 숨기고 싶은 아픔까지 내게 이야기한 것일까.

나는 K씨에게 K씨의 편지를 공개해도 되겠느냐고 물었다. K씨는 처음에는 너무 놀라 아무 생각도 할 수 없었다고 했다. 하지만 도움이 된다면 기꺼이 써 달라고 했다. 그리고 내가 보내 준 연재의 첫 회분(원래 이 책은 〈파도〉라는 한 회사의 소식지에 연재한 것을 한데 모아 출판한 것인데, 여기서 말하는 첫 회분은 그 잡지의 첫 연재분을 말한다. - 옮긴이)을 늘 갖고 다니며 몇 번씩 읽는다고 했다.

하이타니 선생님이 만난 사람들은 지금 행복할까요? 선생님의 인생을 바꾸어 준 닷짱, 요리에 씨, 오키나와의 아주머니들은 행복할까요?

K씨는 이런 편지를 보내왔다.

K씨 속에 '내가 만난 아이들'이 살고 있다. K씨로 인해 내 고뇌가 살고 있다. K씨로 인해 내가 사라져 버렸다고 여기던 사실이 되살아나고 있다. K씨는 살아 있어서 다행이라고 했다. 그 생각을 가장 절절히 곱씹는 사람은 바로 나다. 살아 있다는 것은 얼마나 멋진 일인가.

인간은 자신의 행복을 위해 살지 않는다. 인간이 행복을 추구하는 까닭은 타인의 불행을 견디지 못하기 때문이다.

너희가 모르는 곳에
갖가지 인생이 있다
너희 인생이
둘도 없이 소중하듯

너희가 모르는 인생도

둘도 없이 소중하다

사람을 사랑하는 일은

모르는 인생을 사랑하는 일이다

- 《외톨이 동물원》 중에서

내가 만난 아이들아. 너희 한 사람 한 사람에게 나는 고맙다는 인사를 해야 한다. 그 인사는 내가 계속 살아가는 것으로 표현해야 한다. 내 속에 있는 수많은 죽은 이가 언제까지나 살아 있도록, 내가 살아야 한다.

그리고 K씨, 당신이야말로 내가 그토록 찾아 헤매던, 영원을 사는 부처 바로 그 자체였소.

하이타니 겐지로의 삶과 문학

생명을 지켜 주는 상냥함

《내가 만난 아이들》은 일본의 어린이 문학가이자 우리 시대 큰 스승 가운데 한 사람이었던 하이타니 겐지로의 치열했던 삶과 그 삶의 한복판에서 잉태된 문학에 관한 자전적 기록이다. 그러므로 이 기록은 삶의 현장에서 그를 만들고 절망과 고통의 늪에서 그를 일으켜 세웠던 이들에 관한 기록이며, 생명의 아름다움과 소중함을 깨우쳐 준 가난하지만 다정한 이웃들에 관한 기록이다.

춥고 배고팠던 어린 시절, 하이타니 곁에는 언제나 공사장에서 일하는 인부들과 가난한 사람들이 있었다. 그들은 현대 자본주의 사회의 잣대로 보면 보잘것없고 부끄러운 이웃들이었으나, 각박한 세상에서 어린 하이타니를 보듬어 주고 거친 인생의 이면에 있는 희망과 인간의 따뜻한 마음을 일깨워 준 소중한 존재였다.

그러나 스스로 고백하듯이 그는 외롭고 힘들었던 시절에 그들의 사랑과 친절에 의지하여 성장하면서도 한편으로는 늘 그들로부터 벗어나고 싶어 했다. '거울에 비친 더러운 얼굴, 구역질 나는 체취 속에서 북적거리며 죄수처럼 밥을 먹는' 자신의 모습과 자신을 둘러싼 현실을 혐오하며 스스로를 부정하고자 했던 것이다. 그러나 그들 모두는 '상냥했다'. 어린 하이타니가 갈 곳이 없을 때, 거지는 자신의 거적(거지에게 거적이 얼마나 소중한 것이었겠는가)을 내주고 따뜻하게 보살펴 주었으며 젊은 남창은 동무가 되어 주었다. 그리고 전쟁이 한창이던 시절, 굶주림에 지친 그가 도둑질을 하다가 붙잡혔을 때 그의 담임은 혼을 내고 몰아붙이는 대신, 왜 도둑질을 했는지 저간의 사정을 물어봐 주었다. 덕분에 그는 그 예민한 시기에 '인간성을 다치지 않고 성장할 수 있었'고, 초등학교 교사가 되어 어린이들의 밝고 건강한 모습을 보면서 절망을 헤치고 나가는 낙천성을 배우게 된다.

그러나 1970년에 느닷없는 불행이 닥친다. 전쟁과 가난을 함께 겪었고 '난파선 같은 집안의 키를 홀로 조정하던 큰형'이 들보에 목을 매고 스스로 세상을 등진 것이다. 그리고 잇따라 어머니까지 세상을 떠나자, 그는 형의 죽음에 대한 자책감과 더불어 정신적인 공황 상태에 빠졌다. 끝도 없는 고독과 절망감에 휩싸인 그는 도저히 그런 상태로는 아이들을 가르칠 수 없다고 판단하고 17년 동안 몸담아 왔던 교직을 떠나 스스로를 돌아보기 위해 아시아와 오키나와 등지로 여행을 떠났다.

제2차 세계 대전 당시 민간인 학살로 수많은 이들이 목숨을 잃었던 참혹한 역사의 땅 오키나와에서 그는 고통과 절망을 헤치고 나와 낙천적으로 살아가는 사람들을 보며 강한 충격을 받는다. 전쟁 통에 남편과 자식을 잃은 사람, 집단 자결로 어머니를 잃은 사람, 자식이 일본군에 끌려가 죽자 스스로 목숨을 끊으려 했으나 실패한 사람. 그들은 죽고 싶을 만큼 괴롭고 힘들었으나 죽을 수 없었다고 이야기한다.

"내가 죽으면 내 남편도 죽어 버려. 나는 죽을 수가 없어."

그는 그들의 낙천성이란 다름 아닌 생명을 사랑하는 정신이며 그 속에서 인간의 참된 상냥함이 잉태됨을 깨닫는다. 어느 날 이시가키 섬의 작은 마을에서 그가 본 광경도 그의 가슴을 쳤다. 온 마을 사람들이 실성해서 집을 나간 한 할머니를 걱정하며 찾아 나선 것이다.

"인간의 상냥함을 생각함으로써, 나는 소생했는지 모른다."

그 상냥함이란 생명을 사랑하고 지켜보는 것이며, 그럼으로써 자신을 변화시키고 타인까지 변화시키는 힘이었다. 그는 아무하고도 고통을 나눌 수 없었던 형의 고독을, 지금껏 자신을 길러 준 상냥한 사람들의 고독과 절망을 돌아보며 자신은 그 절망과 고독을 먹고 살아왔음을 뼈저리게 깨닫는다.

그 뒤 오키나와에서 돌아온 그는 장편소설 《나는 선생님이 좋아요》를 단숨에 써냈고, 이 작품은 독자들의 폭발적인 반응을 불러일으켰다. 일본의 어린이문학 평론가 우에노 료의 말에 따르면, 그 전에도 그런 작품은 끊임없이 발표되었지만 《나는 선생님이 좋아요》가 독자들에게 그토록 열렬한 반응을 일으킨 이유는 이 작품이 독자를 절망 속에 버려 두지 않는 데 있었다.

문제가 심각할수록, 상황이 절망적일수록 생존의 가치와 인간의 희망을 찾아 끊임없이 앞으로 나아간다. 인간과 상황을 '웃음' 속에 안착시키려 한다.

독자의 감동은 등장인물이 지닌 '반(反)심각성' '반(反)절망성'에서

생겨난다. 그것은 등장인물에 대한 감동인 동시에 그런 캐릭터를 창
조한 작가에 대한 감동이다. 작가의 인간관·존재관에 대한 감동이
다. − 우에노 료

《나는 선생님이 좋아요》뿐 아니라 《태양의 아이》나 《모래밭 아이
들》《소녀의 마음》《외톨이 동물원》 등 그의 모든 작품 속에는 절망
을 헤치고 나아가는 낙천성과 거기서 생성된 '생명을 사랑하고 지켜
보는 상냥함'이 가득 차 있다.
　이 모든 것을 그 자신의 뼈아픈 고통과 절망 속에서 깨우쳤던 노작
가는 2006년 말, '배운 대로 살다 간다'는 유언을 남기고 조용히 우
리 곁을 떠났다. 암 세포가 온몸에 퍼졌는데도 현대 의학에 의한 항
암 치료를 거부하고 하나의 벌레나 동물이 그러하듯 자연적인 치료
에 의지하며 지냈던 그는 되도록 자신의 죽음을 알리지 않고 조용히
떠나게 해 달라는 당부를 남기고 눈을 감았다. 그에게 마음으로 의지
했던 많은 이들, 그에게서 위로 받고 세상을 살아갈 용기를 얻었던,

또는 그와 더불어 세상을 따뜻하게 일구어 가고자 애써 왔던 많은 이들을 남겨 두고 먼 길을 떠난 것이다.

　이제 그가 '회한의 반평생'에 걸쳐 이야기해 온 주제는 오롯이 우리의 몫으로 남았다. 그는 떠났어도 그를 마음 깊이 존경하고 사랑했던 많은 이들의 정신 속에 그는 영원히 살아 있을 것이다.

　문명의 이기와 경쟁, 억압과 소외에 찌들어 한 치 앞을 내다볼 수 없는 이 혼돈의 시대에 그는 캄캄한 바다 위를 비추는 한 줄기 불빛이었다.

2007년 3월

햇살과나무꾼 주간 강무홍

옮긴이 햇살과나무꾼
동화를 사랑하는 사람들이 모여 만든 곳으로, 세계 곳곳에 묻혀 있는 좋은 작품들을 찾아 우리말로 소
개하고 어린이의 정신에 지식의 씨앗을 뿌리는 책을 집필하는 어린이책 전문 기획실이다. 지금까지
《나는 선생님이 좋아요》《하늘의 눈동자》《그리운 메이 아줌마》《새틴 강가에서》들을 우리말로 옮겼
으며, 《위대한 발명품이 나를 울려요》《가마솥과 뚝배기에 담긴 우리 음식 이야기》《한반도의 지붕 개
마고원을 가다》들을 썼다.

내가 만난 아이들

1판 1쇄 발행 2004년 5월 15일 | 3판 3쇄 발행 2016년 8월 11일

지은이 하이타니 겐지로 | 옮긴이 햇살과나무꾼
펴낸이 조재은 | 펴낸곳 (주)양철북출판사 | 등록 제25100-2002-380호(2001년 11월 21일)
편집 이정우 | 디자인 육수정 | 마케팅 조희정 | 관리 정영주
주소 서울시 마포구 양화로8길 17-9 | 전화 02)335-6407 | 팩스 02)335-6408
ISBN 978-89-90220-22-6 03830 | 값 9,800원

카페 cafe.daum.net/tindrum 블로그 blog.naver.com/tin_drum
페이스북 facebook.com/tindrum2001

※ 잘못된 책은 바꾸어 드립니다.